Jochen Windheuser

Unvergessliche Augenblicke

Kurzgeschichten
aus dem Leben

Cover:
Laura Windheuser

Give me one moment in time

Albert Hammond / John Bettis

Bibliografische Information der Deutschen Nationalbibliothek:
Die Deutsche Nationalbibliothek verzeichnet diese Publikation
In der Deutschen Nationalbibliografie; detaillierte bibliografische
Daten sind im Internet über http://dnb.dnb.de abrufbar.

© 2022 Jochen Windheuser
Herstellung und Verlag
BoD – Books on Demand, Norderstedt

ISBN 978-3-7562-2319-0

Inhaltsverzeichnis

V Momente in der Musik

VI Erlebnisse auf Reisen

VII Tragikomische Momente

Vorwort

Die wichtigsten Augenblicke unseres Lebens, die kennen wir nicht.

Wir erleben es nicht, wenn wir entstehen, wenn die Samenzellen unserer Eltern sich vereinen und eine befruchtete Zelle sich auf den Weg, auf unseren Lebensweg macht. Und wir alle haben unseren Tod noch nicht erlebt, wenn das, was wir sind, über eine Schwelle ins völlig Unbekannte, ins Stockdunkle tritt.

Manche Menschen erzählen von dieser Schwelle, von Erlebnissen der Todesnähe: vom Schweben außerhalb des Leibes, vom Betrachten seiner selbst wie von oben, dem Sog im Tunnel, dem anziehenden Licht. Wie einen Bilderreigen, so berichten manche, erlebe man dabei ein rasches Blättern durch das eigene Leben. Schöne, auch ängstigende Erinnerungen sind es, oft Begegnungen – aber immer Momente, kurze Szenen, emotional aufgeladen, als ob sie das Leben ausmachen, die besonderen, hellwachen, vielleicht prägenden, manchmal zeitvergessenen Augenblicke. Das also holt unser Gehirn aus dem Verborgenen, wenn es flackert, der Sauerstoff fehlt, die Zellen feuern, um alles noch aufzuhalten. Das geht doch gar nicht!, sagen die Neurologen, denn das Arbeitsgedächtnis kann das in dieser jagenden Zeit des Abschieds gar nicht bewerkstelligen. Und doch könnte es so sein, warum auch immer, noch kaum zugänglich der Wissenschaft.

Geschieht das wirklich? Oder ist das Erzählphantasie im Nachhinein, angelesen, aus dem Hörensagen, kolportiert, aufgebauscht von bunt illustrierten Blättern? Oder doch: Ist der Kern unseres Lebens eine gehütete Sammlung dichter Augenblicke?

Then in that one moment of time
I will feel
I will feel eternity

Wer kennt sie nicht, diese Zeilen aus dem Lied *One Moment in Time*, unnachahmlich gesungen von Whitney Houston für die Sommerolympiade 1988 in Seoul. Diese Stimme! Und jeder Ton ein erhebender Augenblick, jeder für sich selbst ein Moment der Ewigkeit! Natürlich sind das unvergessliche Verdichtungen der Zeit, wenn ein Sportler die Goldmedaille empfängt, in diesem kurzen wahnsinnigen Moment entlohnt für jahrelange Mühen und die konzentrierte Aufbietung aller Kräfte im letzten Rennen, im finalen Kampf, beim entscheidenden Tor. Ewigkeit als Vergessen der Zeit – das besingt dieses Lied.

Oft wird erzählt, das Leben sei ein stetiger Fluss. Die erlebte Zeit – ein Strom?

Nein. Leben, das ist eine Fülle von Augenblicken. Nicht nur von solchen, wie sie in ihrer Erhabenheit nur Erwachsene auskosten können, bei Olympia, bei einer Hochzeit, bei der Geburt eines Kindes. Es gibt so viele kleine, kurze, banale, schmerzhafte, schreckliche, ausgelassen lustige Erlebnisse, an die wir oft zurückdenken, wenn sie durch eine neue Erfahrung getriggert werden, oder einfach ohne Anlass, wie eine Zeitschleife im Kopf. Wie gesagt: Es gibt sogar Ereignisse des eigenen Daseins, die wir gar nicht bewusst erlebt haben und die unser Grübeln immer wieder in den Bann ziehen. Wie war das, als ich gezeugt wurde?

In sieben Kapiteln erzähle ich solche Geschichten, wo die Vergangenheit in die Zukunft übergeht: Momente, die unser Geist festhalten, immer wieder betrachten will. Manche füllen nur zwei Seiten, gleich die erste ist nur eine Art Prosagedicht, andere erstrecken sich über fünf und mehr Blätter. Das erste Kapitel kreist um die unzugänglichen Momente des Beginns und Endes unserer Existenz. Zuerst das autobiographische Prosagedicht mit meiner Herkunftsphantasie und Prägung, dann zwei Geschichten über die geheimnisvolle Spanne zwischen Entstehen und Vergehen, und die letzte über den Zerfall einer erlebbaren Zeiteinheit. In der Neuropsychologie gibt es Untersuchungen, wie lang im Gehirn die „Gegenwart" dauert. Zwei, drei Sekunden, ein Atemzug? Die Geschichte handelt von der „Länge" eines Augenblicks und seiner Auflösung, wenn einfach nichts geschieht.

Das zweite Kapitel, sehr von persönlichen Erlebnissen geprägt, spiegelt die Fähigkeit von Kindern, Augenblicke so tief zu erleben, dass die Zeit stehen bleibt, ja verschwindet. Das kann ein Triumph des Gelingens sein, ein Erleben magischer Gegenwart in einem Lied, ein Hochgefühl in einer Gemeinschaft oder ein Berühren der Unergründlichkeit des Lebens in der Pubertät.

Hart brennen sich Geschehnisse ein, die von einem Moment zum anderen das Schicksal eines Menschen entscheiden. Weltliteratur erzählt davon; so hier, in der ersten Geschichte, eine uralte biblische Erzählung. Es folgt ein Kriegserlebnis, nachbrennend ein Leben lang; dann ein Moment des endgültigen Loslassens im Alter; und schließlich, wie religiöse und politische Entwicklungen jemanden von einem Moment zum anderen zu einem verzweifelten Schritt zwingen, den er tun muss, um sich treu zu bleiben.

Weitere solche Augenblicke der Entscheidung, weniger spektakulär, aber doch schmerzlich erlebt, behandelt das vierte Kapitel. Es geht um die Zuspitzung einer Beziehungskrise, um die Standhaftigkeit eines Kindes gegenüber einem Impuls, wegzulaufen, dann um eine Gewissensentscheidung zwischen Verbitterung und Verzeihen, und um das negative Gegenstück: eine banal ausgebremste Lebenswende.

Das fünfte Kapitel rankt sich um einen meiner Herzensbereiche: die Musik. Die Welt der Klänge und Melodien feiert den vergehenden, aber bedeutsamen Augenblick, sie lebt davon. Zwei Geschichten spüren dem letzten, verklingenden Moment eines Musikstückes nach. Die dritte Geschichte nähert sich dem subtilen Spiel mit winzigen Zeitelementen im Jazz, und die letzte kreiert eine Begebenheit, wie eine Gattung kleiner Musikstücke zu ihrem Namen gekommen sein mag, einem Namen, der genau dieses Wesen von Musik ausdrückt: *Moment musical.*

Reisende sind offen für Neues, für intensive Erfahrungen. Vier Reisegeschichten greifen im sechsten Kapitel Augenblickserlebnisse auf, die ich nicht vergessen werde. Zwei aus Nicaragua schildern nachdenkliche Erinnerungen an einen aufwühlenden und einen besinnlichen Moment; und die beiden aus Island, landestypische Begegnungen mit dem geheimnisvollen „verborgenen Volk" sowie mit einem waschechten Isländer regen eher zum Schmunzeln an.

Das Lächeln soll den Leser auch im siebten Kapitel begleiten, wenn er mir in eine kleine familiäre Erzählung aus der Nachkriegszeit, in meine fußballbegeisterte Kindheit und in die Zeit der Teilung Deutschlands folgt, die durch ihre verkrampfte politische Zuspitzung manchmal tragikomische Events produzierte. Den Abschluss bildet wiederum ein Reiseerlebnis, eine freundliche, friedliche Begegnung in der Natur Norwegens.

Vielleicht gefallen Ihnen die Geschichten und regen Sie an, bei Augenblicken Ihres Lebens zu verweilen, die kostbar sind und die Sie im inneren Film Ihres Lebens nicht missen möchten.

Juni 2022

Jochen Windheuser

I
Augenblicke des Entstehens und Vergehens

Tag der Befreiung

Als
der künftige Vater
alle Schlachten geschlagen hatte,
der Arsch auf der Krim zerschossen,
der schlotternde Volkssturm
in Scheunen versteckt und
die Heldenzeit
im Räuberzivil über's Moor getürmt war,

als
die künftige Mutter
alle Näharbeit willig erbracht hatte,
der verwundete Landser weit in Wien besucht,
das erste Kind
in der Härte des Krieges tot geboren und
die grüne Zeit zitternd
in die Bombenwüste heimgekehrt war,

da
liegen sie zusammen
auf den Trümmern ihrer Jugend
in der langen Nacht
zwischen dem 8. Mai 1945 und der Zukunft,
Eltern werdend
aus der Kraft
des immer neu keimenden Lebens und
in blinder, sehnsüchtiger Gewissheit
einer bergenden Nische,

um
sich zaghaft
an ein neues, fremdes Wesen zu binden,
ihm Brot zu rösten,
wenn es sich daran begeistern wird,
ihm notfalls den blutigen Schleim
aus der Nase zu ziehen und
ihm mit vielen ungestellten Fragen
nachzublicken,
wenn es seinen Fuß
in ein unbekanntes Haus setzen,
seinen Kopf
in ein unzugängliches Buch stecken und
sein Herz
in eine uneinfühlbare Liebe senken wird:

das Kind einer unerklärlichen Hoffnung
am Tag der Befreiung.

Aus dem Nichts

Ja, er freute sich. Freute sich über den Vorschlag seines Sohnes Benjamin, gemeinsam spazieren zu gehen. Gab es das schon einmal? Natürlich gab es Spaziergänge, aber das war Jahre her. Und der Vorschlag kam immer von ihm, dem Vater. Ob Benjamin gerne mitging, wurde nie angesprochen. Hätte der Vater gewusst, wie er mit einem Nein umgehen würde? Und auch der Sohn musste sich keine Gedanken machen: Ging er eigentlich gern mit dem Vater spazieren oder nicht?

Jetzt, im ersten Semester, kam Benjamin noch alle drei Wochen nach Hause, mal zu ihm, mal zur Mutter. Der Vater wusste von Freunden, die ältere Kinder im Studium hatten, dass dies nicht so bleiben würde. Bisher waren Benjamins Besuche wie geraffte Versionen der Vergangenheit, als der Sohn noch zeitweise bei ihm lebte. Diese schnodderig hingeworfene Bemerkung Benjamins, man könnte heute doch mal wieder einen Spaziergang machen, gab diesem Besuch eine besondere Note. Rasch einigten sie sich: Ziel sollte der nahe gelegene See sein.

Anfangs gingen sie noch etwas steif nebeneinander her. Um etwas Leichtigkeit zu gewinnen, machten sie hin und wieder das Handyradio an, die Übertragung der Bundesligaspiele. Bei der Schlussreportage saßen sie auf der Bank unter den beiden Trauerweiden, ein Platz, den der Vater sehr liebte. Ob Benjamin das wusste? Ihre Mannschaft kassierte kurz vor Schluss noch den Ausgleichstreffer, obwohl sie ständig am Drücker war. „Aus dem Nichts" sei das Tor gefallen, man konnte förmlich sehen, wie der Reporter entgeistert den Kopf schüttelte. Vater und Sohn schauten sich stirnrunzelnd an. Wieder zwei Punkte verschenkt. „Vater, wie war das, als ich gezeugt wurde?" Die Frage kam aus heiterem Himmel. Aus dem Nichts, dachte der Vater unwillkürlich. „Wie meinst du das?" „Ja, ich meine: War das geplant? Gewollt? Wisst ihr überhaupt genau, wann es war? Hätte es auch eine Woche früher oder später sein können? Oder ein ganzes Jahr? War es Zufall, oder was?"

Der Vater musste sich einen Moment sammeln. „Wie kommst du darauf?" „Ich habe einen Studienkollegen kennengelernt, der ist sehr belesen. Der hat mir ein Buch geliehen, von Max Frisch, einem Schweizer Schriftsteller. Kennst du den?" Und als der Vater nickte, fuhr er fort: „Der hat zu allen möglichen Themen Fragen gestellt, und zwar so, dass du dich erstmal an den Kopf fasst. Manche Fragen lassen einen nicht los, zum Beispiel: *Möchten Sie unsterblich sein?*" „An eine Frage erinnere ich mich auch noch", meinte der Vater: *„Können Sie ohne Hoffnung denken?* Ich wäre nie darauf gekommen, so zu fragen."

Die nachfolgende Pause schien Benjamin zu benötigen, um auf den Punkt zu kommen. „Da ist bei Max Frisch eine Frage, die ist so verrückt formuliert, dass man sie am liebsten wieder loswerden will, wie ein lästiges Insekt. Sie sitzt mir quer im Kopf, weil ich das gar nicht hinbekomme, was man sich da vorstellen soll. Also, die Frage lautet: *Wenn Sie sich beiläufig vorstellen, Sie wären nicht geboren worden: Beunruhigt Sie diese Vorstellung?* Verdammt, ja, sie beunruhigt mich. Allein schon diese Idee! Sobald ich mir vorstellen will, ich wäre nicht geboren worden, drehe ich mich im Kreise. Ich bin doch von euch gezeugt worden, also habt ihr mich gewollt, also macht es doch Sinn, dass ich da bin."

„Junge, du wirst erwachsen! Als Kind hättest du das nie gefragt. Da war es für dich sonnenklar: Wir haben dich gewollt, so wie du bist, und deshalb haben wir dich gezeugt." Der Vater merkte, dass er auswich. Was sollte er ihm erzählen? Irgendwie die Wahrheit? Das, was man so die „nüchterne Wahrheit" nennt? Oder eine leicht „beschwipste" Wahrheit, eine geschönte Wahrheit, die die Unruhe seines Sohnes besänftigen konnte? Aber wusste er selbst die Wahrheit?

Außerdem berührte diese verflixte Frage von Max Frisch eine wunde Stelle bei ihm selbst. Er spürte sie, seit vor ein paar Jahren sein Vater gestorben war – viel zu früh, aber was heißt das schon. Jetzt war er ganz vorn in der Reihe! Der nächste, der stirbt. Und dann? Nichts, als wäre ich nie geboren? Ein winziger Funke im endlosen Weltall, nach kurzem Aufleuchten im Nichts verflogen?

Ein „Was ist?" seines Sohnes riss ihn aus solchen Gedanken. Nein, das ist *meine* Unruhe. Auf *seine* muss ich antworten, und zwar ehrlich. „Die Wahrheit ist", begann er, „dass ich es nicht wirklich weiß. Lass uns ein bisschen gehen." Sie standen auf, lösten sich von den Trauerweiden und folgten dem Rundweg um den See. Irgendwann würden sie hier wieder ankommen.

„Es war Herbst, wie du dir ausrechnen kannst. Deine Schwester war noch kein Jahr alt. Wir haben eine kleine Fahrradtour gemacht, Baby im Korb, die Mosel entlang, von Hotel zu Hotel. Das hat uns aufgefrischt. Wir hatten vorher kaum noch miteinander geschlafen. Die unruhigen Nächte, weißt du, wir waren immerzu müde, und ich habe ja in einer anderen Stadt gearbeitet. Viel Fahrerei. Vielleicht ist es ein schöner Gedanke für dich, dass du aus dieser Urlaubsfrische entstanden bist. Nein, geplant warst du nicht. Eigentlich war es zu früh für ein zweites Kind. Wir hatten vieles zu sortieren, deine Mutter und ich. Berufliche Wege, Nebenbeziehungen, ungünstige Wohnorte. Das Dazwischenfunken der Schwiegereltern. Es war alles auf der Kippe. Wenn wir uns getrennt hätten, dann wärst du gar nicht entstanden. So ein seltsamer Gedanke! Du bist da, weil wir uns gerade noch zusammengerauft haben."

Benjamin schwieg. Dass es immer wieder gekriselt hatte bei seinen Eltern, das wusste er. Irgendwann hatten sie sich ja auch getrennt. Aber dass es gerade zu der Zeit so schwierig war …

„Wenn die ganze Wahrheit auf den Tisch soll, muss ich auch über die Woche danach erzählen. Die war nicht frisch, sondern hart. Der Alltag versteinerte sofort wieder unser Leben, irgendwie schlimmer als vorher. Deine Mutter bekam heraus, dass ich meine Beziehung nicht abgebrochen hatte. Da habe ich sie an einem Abend fast zum Sex gezwungen, als wollte ich alles zudecken, was dazwischen stand. Sie ließ es über sich ergehen. Ja, auch das kann der Moment deiner Zeugung gewesen sein. Leider." Er wollte noch etwas hinzufügen, so was wie: Nimm die schönere Version, du bist ein Kind der lebendigen Frische. Aber das ging nicht mehr, bei einem Sohn an der Schwelle des Erwachsenseins. Stattdessen sagte er: „Nimm die lange Zeit danach. Die ist entscheidend, nicht der unsicher erinnerte Moment der Zeugung. Hattest du das Gefühl, von uns gewollt zu sein? All die Jahre, bis heute? Ich habe nie darüber nachgedacht, aber wenn du mich jetzt so fragst, sage ich: Ja, darum habe ich mich bemüht. Und ich glaube, deine Mutter auch. Ob du das so erlebst, das musst du selbst prüfen."

Als Benjamin weiter schwieg, gab er sich einen Ruck und erzählte ihm von seinen Gedanken und, er sprach es aus: von seinen Ängsten, die ihn seit dem Tod seines Vaters immer wieder ergriffen. „Daran habe ich mich erinnert, vorhin, als du diese Frage von Max Frisch erwähnt hast. Bin ich schierer Zufall, komme ich ‚aus dem Nichts', wie das dieser verdammte Reporter vorhin gesagt hat?"

Er wusste nicht, ob sein Sohn in seiner Lebenswelt diese andere, vielleicht tiefere Unruhe nachempfinden konnte. Benjamin blieb stehen und drehte sich zum See, ließ den Blick nicht von der Wasseroberfläche, als spiegele sich dort sein Leben, sogar die Welt, mit all ihren seelischen Wunden. „Vater, du hast mir vor einigen Monaten erzählt, du hättest vor Mutter einmal eine Freundin gehabt, die du sehr geliebt hast. Ich glaube, du hattest eine Todesanzeige bekommen, und ich habe gemerkt, wie sehr sie dich berührte. Wenn du diese Frau nun geheiratet hättest? Wo wäre ich dann? Einfach nicht da? Oder wäre ich dann ein anderer, eine Mischung aus den Genen von dir und dieser Frau? Zufällig ist es anders gekommen, das hatte gar nichts mit mir zu tun, und zufällig bin ich entstanden, und das hatte mit euch und eurer Beziehung zu tun, aber nichts mit mir."

Der Vater legte Benjamin die Hand auf die Schulter. „Ich glaube, da berühren sich unsere Fragen. So oder ähnlich entstehen die Menschen, in einem vorüberhuschenden Augenblick der Geschichte, in dem zwei Menschen Sex miteinander haben und sich zwei Zellen vereinigen. Da ist viel Zufall drin. Ist das tröstlich?

Nein, sicher nicht. Tröstlicher wäre es, da gäbe es einen Gott, der genau mich und dich und uns alle geplant hat. Der alles so gefügt hat, dass meine Eltern
und dann später deine Mutter und ich just in jenem
Moment das Richtige taten. Ein Vordenker für alles,
eine Vorsehung. Es spricht nicht viel dafür, nur unsere
Phantasien, unsere Geschichten, und die Bilder und
Mythen der Religionen. Du hast in der Schule davon
gehört. Von der unsterblichen Seele, eigens und persönlich geschaffen von einem höheren Wesen, sozusagen mit höchst individueller Vorplanung und geziel-
ter Absicht. Buddhisten zum Beispiel sehen uns durch
verschiedene Leben wandeln, als Mensch, auch als
Tier oder Pflanze, aber mit einem durchtragenden
geistigen Kern. Manchmal helfen mir solche Ideen,
aber meine Unruhe besiegt das nicht."

Inzwischen waren sie weitergegangen. Auf einmal
sagte Benjamin: „Ist es nicht verrückt, dass wir uns
dagegen wehren? Ich will nicht in einem winzigen Moment der Geschichte des Weltalls aus dem Nichts gekommen sein, und ich will auch nicht dahin zurück!"

„Ja, Benjamin, aber ist das so verrückt? Ist das nur
Trotz? Einfach eine Weigerung, das Unvermeidliche
einzusehen? Wer zum Teufel hat uns die Idee einge-
geben, dass das auch anders sein könnte? Auch wenn
nichts dafür spricht als unsere Sehnsucht?"

In diesem Moment stehen wir beide vereint vor dem
Rätsel des Lebens, dachte der Vater. Ob mein Sohn
das auch so spürt?

Schweigend waren sie wieder an den Trauerweiden
angekommen. Auf der Bank saß inzwischen ein Pär-
chen und knutschte. Sie wandten sich ab.

„Das war ein schöner Spaziergang", sagte Benjamin. „Ja", meinte der Vater, „das sollten wir öfter machen." Sie schalteten noch einmal das Handyradio an. Es lief die Pressekonferenz zum Spiel. Der gegnerische Trainer versuchte wortreich aufzuzeigen, dass der Gegentreffer am Schluss kein Zufall war. Seine Mannschaft habe ihn durch einen gut geübten Konter mit Leidenschaft und präziser Schusstechnik erzwungen. „Von wegen, aus dem Nichts!" brummte Benjamin, und der Vater schmunzelte, weil die Sätze des Trainers plötzlich innere Bilder von der Moselfahrt heraufbeschworen.

Das leere Blatt

Gut kann ich mich an den Moment erinnern, als ich plötzlich von mir wusste. Ich kam aus dem Drucker, ohne bedruckt zu sein. In diesem Augenblick ploppte der Gedanke auf – ich weiß nicht wie, woher und wo: „Ich bin ein leeres Blatt".

Ich kann mich nicht entsinnen, vorher überhaupt etwas gedacht zu haben. Inzwischen weiß ich: Ich muss in meinem unbewussten Vorleben in einem Stapel Papier gesteckt haben, in einem Packen mit der Zahl 500, gelb eingeschlagen und von dem Menschen bei der Post gekauft. Das alles habe ich hinterher erfahren oder aus Beobachtungen erschlossen.

Wie kam es so plötzlich zu diesem Gedanken, bestehend aus drei Elementen: „Ich bin", „ein Blatt", „leer"? Vielleicht hatte es damit zu tun, dass es sich so nicht gehörte. Ich hätte nicht leer sein sollen. Der Mensch wollte mich bedruckt sehen, so wie die Blätter vor mir und nach mir. Auch dies weiß ich jetzt: Er hat auf seinem PC einmal zu viel die Tastenkombination mit dem Seitenabsatz gedrückt. Bei meinen Blattkameraden im Drucker konnte so ein Gedanke wie „Ich bin ein bedrucktes Papier" gar nicht aufploppen. Bedruckte Papiere aus dem Drucker sind nichts Besonderes, nichts Individuelles, so wie leere Blätter in einem bei der Post gekauften Stapel nichts Besonderes und schon gar nicht etwas Individuelles sind. Wohl aber ein leeres Blatt aus dem Drucker.

Seitdem wusste ich also: Ich bin, und zwar ein leeres Blatt.

Wie ging es weiter?

Der Mensch, kaum hatte er mich entdeckt, schien irritiert zu sein. Er öffnete den Papierkasten im Drucker, versuchte, mich hineinzuschieben, oben auf die anderen noch unbedruckten Blätter. Das wollte ihm nicht gelingen. Ich sträubte mich dagegen, legte mich in Wellen und verkantete mich an den Seiten: Ich fürchtete, mein „Ich bin" zu verlieren, wenn ich wieder Teil des Stapels werde. Aber auch er selbst schien Zweifel zu haben, ob das richtig ist, was er da versucht. Konnte ich, durfte ich, einmal durch die magische Welt des Druckers gelaufen, ein zweites Mal bedruckt werden? Galt das erste Mal, auch wenn kein Schwarz auf Weiß als Ergebnis zu sehen war, nicht doch schon als unumkehrbare Veränderung des Papiers?

Er ließ es jedenfalls bleiben und legte mich auf einen kuriosen Stapel höchst unterschiedlicher Papier-Individuen. Da waren dicke und dünne Blätter, die meisten nicht leer, soweit ich es sehen konnte, sondern entweder bedruckt, manchmal nur mit einem einzigen Zeichen, oder mit der Hand beschrieben, oder bekritzelt, beschmiert, geknickt, eingerissen. „Hallo" sagte ich und wollte schon eine Unterhaltung beginnen, neugierig darauf, welche Schicksale diese sonderbaren Papiergestalten erlebt hatten. Aber niemand antwortete – hatten die kein „Ich bin"? Oder einfach keine Lust? Oder fanden sie mich nicht interessant, weil nichts auf mir drauf war?

Was auch immer: Ich sagte vorläufig nichts mehr und beschränkte mich auf das Beobachten meiner Umwelt, um mir durch Schlussfolgerungen über meine Individualität klar zu werden.

Schon bald riss mich der Mensch aus dem Stapel und damit aus meinen Gedanken. Er knickte mich zweimal (ich hatte inzwischen gelernt: auf DIN-A6-Größe), steckte mich in die Innentasche seines Jacketts, hinter einen Kugelschreiber, und ging mit mir aus dem Haus. Der Spaziergang endete in einem Raum, in dem sich noch andere Menschen befanden – ich hörte das an den Stimmen. Der Mensch faltete mich auseinander, legte mich auf den Tisch und den Kugelschreiber daneben. Aha, dachte ich, jetzt kriege ich auch etwas Handschriftliches drauf. Das ist edler als bedruckt zu werden! Ich freute mich schon.

Inzwischen redete nur noch eine einzige Stimme. Der Mensch nahm den Kugelschreiber zur Hand, setzte ihn auf mir an, und – legte ihn wieder weg. Und weiter redete die Stimme. Der Mensch begann mit mir zu spielen; faltete mich wieder zusammen, faltete mich wieder auseinander, drückte den Kugelschreiber umgekehrt auf mich, so dass die Mine heraussprang, und noch mal, so dass sie wieder zurückfuhr, legte den Kugelschreiber weg, verschränkte die Arme, redete mit seinem Nachbarn, und nahm erneut den Kugelschreiber, um ihn auf mir anzusetzen, aber nichts zu schreiben, und wieder weg, und das noch ein paar Mal.

Auf einmal passierte gar nichts mehr, außer dass die monotone Stimme immer noch redete und redete. Da merkte ich: Der Mensch ist eingeschlafen. Also erwartete ich auch nichts Neues mehr und hing meinen Gedanken nach. Plötzlich erhob sich um mich herum ein Klopfen von Händen und Knöcheln auf den Tisch, nicht sehr lang, und der Mensch faltete mich wieder zusammen, steckte mich ein, hinter den Kugelschreiber, und ging weg.

Wieder zu Hause, zog er mich aus der Tasche, warf mich mitsamt Kugelschreiber auf den Tisch, und machte alles Mögliche – fernsehen, irgendwas trinken, aus dem Raum verschwinden und wieder hereinkommen, und dann sprach er in einen Apparat – ich erinnerte mich, er nannte es einmal „Telefon" – so, als spräche er mit einem anderen Menschen, den ich nicht hören konnte. Ich bekam nur einen Namen mit, Gerhard, so nannte er anscheinend diesen unhörbaren Gesprächspartner.

Und dann nahm er seinen Kugelschreiber, setzte ihn auf mir an – endlich passiert etwas!

Und in dem Moment, als er anfängt zu schreiben, beginnt meine Gedankenwelt zu verblassen. „Ich bin ein leeres Blatt" – nein, das „leer" kann ich nicht mehr denken. „Ich bin ein Blatt" verschwindet in einem Nebel, verflüssigt sich in eine unbewusste Wesenheit hinein. „Ich" ist nicht mehr, nur noch Blatt, nur Aufgehen in der Welt des Papierseins.

Aber eines sehe ich im letzten bewussten Moment noch, nehme es mit hinein ins Verschwimmen, nämlich: was der Mensch auf mich schrieb. Es ist eine Notiz: „Nicht vergessen: Für Gerhard die Geschichte über das leere Blatt aufschreiben!"

Das Jetzt zerbricht

Wie lange schon? Es müssen mehr als zwei Jahre sein. Die Dauer des täglichen Lichteinfalls oben durch das kleine vergitterte Fenster! Die langsam durch die dicken Mauern dringende Kühle, die ganz allmählich, kaum spürbar, wieder umschmeichelt wurde von linderen Lüften! Zweimal Winter, zweimal Sommer. Hätte ich doch gleich, schon als ich in dieses Loch gesteckt wurde, mit den Strichen an der Wand angefangen! So macht man es doch als Gefangener, hatte ich früher einmal gelesen, damit man die Kerze der Hoffnung am Brennen hält, damit man zählen kann, jeden Tag, und die Monate abgrenzen, und die Feiertage markieren. Weihnachten.

Jetzt ist es zu spät. Ich kann nicht mittendrin anfangen, ich weiß nicht mehr, wann es begann, die Tage sind einerlei, haben keine Namen mehr, nicht einmal den laufenden Monat kann ich genau einschätzen.

Diese Schwüle heute, schon den ganzen Tag. Die Luft war stickiger als sonst. Gewitterluft. Der Gefangene ließ sich auf seine Pritsche fallen, streckte sich aus, ließ seine Gedanken kreisen. Liegen, sitzen, stehen, gehen, hin und her in der Zelle, die Wand anfassen, die Tür betatschen, die immer etwas wärmer war, sich erleichtern ins Klobecken, Wasser ins Gesicht klatschen – ja, und nachdenken. Sich erinnern. Sonst gab es nichts zu tun.

Gut, das Essen. Dreimal am Tag durch die Klappe in der Tür gereicht. Der Teller passte gerade hindurch, die Plastikflasche mit dem Sprudel hinterher, morgens der Pappbecher mit dem Kaffee. Er sah kaum den Ärmel des Beamten, so schnell ging das. Auf Ansprache wurde nicht reagiert. Öde war das Essen, immer dasselbe. Er zwang es hinunter, aber er merkte, wie er ganz langsam weniger wurde. Weniger an Gewicht, weniger an Kraft, weniger an Leben.

Er dachte an die ersten Wochen. Nachts aus dem Bett geholt, ohne Erklärung, und in die Zentrale verfrachtet. Stundenlange Verhöre.

Ich muss auf irgendeiner Liste gestanden haben. Am Anfang haben sie sich noch abgemüht mit mir. Zwei Leute vom Geheimdienst wechselten sich ab, der eine gemütlich, bärbeißig, manchmal cholerisch, der andere schneidig, scharf, machte auf intellektuell. Ob ich diesen kenne, oder jene. Von welchen Aktionen ich gewusst habe. Gefoltert hatten sie mich auch, noch milde gegenüber dem, was ich so gehört hatte. Als ich merkte, dass sie meine entscheidende Verbindung zum Untergrund offensichtlich nicht kannten, beruhigte ich mich. Ich kann das durchstehen, das wurde mir klar. Ich hoffte damals nur, sie würden keine schlimmeren Methoden anwenden.

Dann verloren sie wohl das Interesse. Aber verdammt, statt mich rauszulassen, steckten sie mich weit draußen auf dem Land, wo sie zwei große Gefängnisse unterhalten, in dieses Loch und vergaßen mich. Vergaßen mich einfach! Ein paarmal habe ich durch die Klappe den Wärter gefragt, was denn nun sei – Verhöre, Entlassung, was weiß ich. Nichts, keine Antwort, noch nicht einmal eine Andeutung. Auch als ich um Bücher bat, ein Schachspiel: kein Wort, und ich bekam nichts.

Ich bin fast verrückt geworden. Was habe ich alles angestellt, um nicht durchzudrehen! Mit meinen Schritten die Zelle ausgemessen. Geschätzt, wie groß

ein „Meterschritt" sein muss. Ich kam auf eine Zellen-
länge von etwas mehr als drei Metern, und auf knapp
zwei Meter Breite. Dann kam die Phase, wo ich auf
alles gelauscht habe, was sich draußen abspielte. Das
Gezirre der Meisen. Das Klopfen eines Spechts. Eines
Tages war er weg. Wie habe ich mich danach gesehnt,
ihn wieder zu hören!

Sein einziger Freund im Untergrund hatte einmal gesagt: Wenn du im Loch sitzt, denke nicht an die Vergangenheit. Das bringt dich runter, du trauerst zu
viel. Denk auch nicht an die Zukunft, dann kommt die
Angst hoch, dass sie finster wird, dass du in einer
Sackgasse endest. Denk an die Gegenwart, an das
Jetzt. Beschreibe dir, sage dir vor, was jetzt ist, und
freue dich daran.

Das fiel mir ein, und ich habe mich daran gehalten.
Ich habe mir gesagt, wie die Luft riecht, die durch das
Fenster kommt. Ich habe meinen eigenen Herzschlag
beschrieben. Natürlich, die emsigen Laute der Vögel.

Und dann habe ich angefangen, zu beschreiben, wie
ich mir sage, was geschieht. Ich habe mich als Be-
obachter beobachtet. Und dachte: Vorsicht, jetzt
fängst du an, verrückt zu werden! Ich brauchte die
Reize von außen, um mich daran zu halten und nicht
in mir selbst zu kreisen. Um sagen zu können: Jetzt
höre ich dies, jetzt sehe ich das, jetzt rieche ich jenes.
Ich habe Angst, das zu verlieren! Was ist, wenn alles
vergangen ist – ich habe das und jenes gehört, gero-
chen? Wenn ich nicht weiß, was ich im nächsten Moment hören werde? Wenn nichts Neues mehr kommt?
Was ist dann mit dem Jetzt?

Der Gefangene lag auf dem Rücken, roch sich durch die schneidend stickige Luft, hörte sich atmen und verlor sich in einen Traum. Er schlief ein.

Ein krachender Donner riss ihn in hoch, aufrecht sitzend suchte er sein Bewusstsein zusammen. Ein prasselndes Geräusch. Regen! Heftiger Regen! Und wieder ein Donnerschlag. Eine Sturmböe heulte auf. Ein heller Schlag, wie Metall, ein Scheppern. Und all das hinter dem rauschenden Schleier des sich ergießenden Wassers, wie hinter einer Milchwand.

Eine gestaffelte Welt von Geräuschen, und ich liege mit gespitzten Ohren auf meiner Pritsche und lausche.

Da, ein Geräusch *vor* dem Schleier! Tak, taktok, tak, taktaktok, taktak ...

Das ist nah. Das ist, höre ich, wie ein Spiel vor dem Milchvorhang. Ein vorwitziges Klopfen, wie wenn jemand den Kopf durch eine Lücke im Schleier steckt und ein winziges Instrument spielt, eine kleine Trommel.

Das kam irgendwie von der Dachrinne. Irgendwas hat der Sturm zerschlagen, irgendwo ist was undicht geworden. Wasser tropfte, klopfte. Er fing an, das Pochen zu gestalten, kleine rhythmische Phrasen zu bilden, Sequenzen, Sentenzen, Sätze, wie wenn jemand etwas sagen wollte: Tak, taketaketak taktok, tak – Pause – taktak, und taktak.

Ich habe mein Jetzt wieder!

Es war beinahe wie ein innerer Jubel. Taktak, und tak, und taktok – weg – taktaktak.

Wie kurze Riffs auf dem Schlagzeug! Ich höre: Hier fängt es an, und dann drei Taks, und noch zwei, und ich habe sie alle zusammen vor mir, wie ein kleines

*Gesangsstück, oder wie den Rhythmus einer Gedicht-
zeile. Ich überblicke sie, ich sehe sie quasi vor mir,
jetzt, in diesem gegenwärtigen Moment überschaue
ich sie. Und dann ist die Aussage zu Ende, und die
nächste beginnt. Ein neues Jetzt. Faszinierend.*

Der Regen hatte aufgehört. Der Donner zerfloss zu einem fernen Grollen. Das Klopfen blieb, Wasser floss
nach, tropfte weiter. Begeistert verlor er sich in seinen
Klanggestalten, hörte immer neue heraus, und
merkte nicht, zunächst nicht, wie sich die Rhythmen
ganz sachte verlangsamten, als ob der Trommler
müde wurde, als ob seine Einfälle nicht mehr kontinu-
ierlich sprudelten. Manchmal hakte es ein wenig, wie
feines Stottern, oder wie wenn die Einspritzdüse bei
einem Motor Dreck angesetzt hat. Der Nachschub
stockte, der Regen, der die Tropfen stetig durch den
Riss, oder was es war, zwang, ließ nach.

*Na, der Mann am Schlagzeug schläft wohl ein! Jetzt
klingt es wie der Beat zu einer Ballade. Taktak, und
dann nichts, und Spannung, und dann endlich das
nächste Tak. Spann mich nicht so auf die Folter! Ach,
was für eine Redensart. Folter ist noch ganz was Anderes. Ich höre einfach ein gemütliches Schlagzeug,
wie bei einem klassischen Tanzorchester.*

Hätte jemand in die Zelle hineingesehen, er hätte kei-
neswegs den Eindruck von Gemütlichkeit gehabt. Der
Gefangene schritt unruhig hin und her, stockte,
kehrte abrupt um, setzte sich auf die Pritsche, um im
nächsten Moment wieder aufzustehen. Und das, obwohl das unruhige Trommeln der Tropfen fast eingeschlafen war.

*Verdammt, wieder ein Tak, ein einzelnes Tak. Ich höre
keinen Rhythmus mehr. Keine Figur – doch, da war*

wieder eine, taktaktak – tok, Beethoven – haha! Aber jetzt? Wo bleibt die nächste? Warum lässt mich der verfluchte Schlagzeuger warten? Da, wieder, ein einzelnes Tak – wo bleiben die anderen? Ein Tak ist nichts, das ist kein Moment, den ich fassen kann, das ist sofort weg, das füllt sich nicht. Das macht mich verrückt! Wirklich verrückt! Wo bleibt die Spanne, die den Augenblick ausmacht, die wirkliche Gegenwart, das ... Jetzt!?

Der Gefangene sank in sich zusammen, hockte auf dem Boden, kraftlos, mutlos. Er spürte auf einmal, wieviel seiner inneren Energie dieses Loch gefressen hat, einfach aufgefressen.

Wieder nur ein Tak. Und dann lange nichts, gar nichts. Ich kann nicht mehr. Was wird nun?

II
Tief erlebte Momente
in Kindheit und Jugend

Jetzt steht es

Schmal die dunklen Augen, darin funkeln Lichtpunkte. Schmal der Mund, ein weiter Bogen, Sinnbild verhaltener Freude, dessen Spitzen perfekt an kleine schattige Grübchen stupsen, so dass sich die Wangen zu rosigen Hügeln wölben. Dieses Gesicht steht, seitlich gehalten von der linken auf den Ellenbogen gestützten Hand, unbeweglich über dem Tisch, fest etwas auf diesem Tisch fixierend, strahlend, zufrieden strahlend, von innen befeuert, als würde dieses sanfte Glühen nie aufhören, so wie die Sonne, Milliarden Jahre lang.

Bloß kein Ruckeln, kein scharfes Atmen, kein Nachlassen der Spannung! Das Kartenhaus steht. Bunte, quadratische Pappkarten, leicht und stabil wie Bierdeckel, nur größer, mit Werbung drauf, die nicht interessiert, ein Beipack zu einem Geschenk, das der Junge zu seinem sechsten Geburtstag bekommen hat. Drei davon platt auf dem Tisch, rutschfest, darüber dreimal zwei Karten spitz aneinander gelehnt, darauf wieder zwei flache Zwischenträger mit zwei aufgesetzten Giebeln, ein letztes Querteil, und oben das krönende Spitzdach.

Eine ganze Viertelstunde, oder war es mehr?, hat er probiert und probiert, Kuchen stehen lassen, das eigentliche Geschenk beiseitegeschoben, Hilfsangebote Erwachsener entnervt abgewehrt, und wieder und wieder Misserfolge weggesteckt, als die Winkel zu steil oder zu flach waren, die Zwischendecke zu ungenau platziert oder die Krone mit unsanfter Ungeduld, ja manchmal mit verzweifeltem Ungestüm aufgesetzt wurde.

Diese blöden Erwachsenen, die mit einem freundlichen „Komm, lass dir doch helfen" den aufkommenden Ärger beschwichtigen wollten!

Jetzt aber steht alles. Es ist sein Erfolg. Er hört nicht hin, was die Erwachsenen sagen, ihr Lob ist unwichtig. Er schaut auf sein Gebilde, es ist fertig, es steht, es könnte ewig stehen. In diesem Moment ist er eins mit seinem Kunstwerk, sein Strahlen umfängt es, schützt es, bewahrt es für immer auf.

Da stürmt seine kleine Schwester ins Zimmer, stößt gegen den Tisch, das Kartenhaus stürzt ein. „Du Trampeltier!"

Ein kleiner Moment der Ewigkeit ist vorbei.

Magische Gegenwart

Es ist der 1. Weihnachtstag. War ich fünf? Oder sechs? Oder gar sieben? Ich weiß nicht mehr, in welchem Alter Einbildungskraft und Realitätssinn in solchen Wettstreit gerieten.

Gestern feierten wir Heiligabend in der Kleinfamilie, mit Bescherung. Heute, wie jedes Jahr, waren „alle" bei Oma. Alle, das sind: eben die kleine, liebe Oma, also die Mutter meines Vaters, die beiden jüngeren Geschwister meines Vaters: der Bruder mit Frau, noch ohne die Cousins und Cousinen, und die Tante, die erst in jugendlichem Alter war. Dazu die deutlich jüngere Schwester der Oma mit Mann und Sohn, und wir drei. Omas Blick sagte mir, dass Onkel Willi, ein weiterer Sohn, der „im Krieg geblieben ist", wie es immer hieß, in ihren Gedanken zu Besuch war.

Es gab natürlich Kartoffelsalat mit Würstchen, was ich furchtbar gern aß, und anschließend Spritzgebäck, das spezielle von Oma, das nirgendwo sonst zu haben war. Nochmal kleine Geschenke, die Männer bekamen ihr Bier, die Frauen ihr Likörchen, und ich meinen Apfelsaft. Ich, als einziges Kind, fühlte mich wohl.

Dann wurden Lieder gesungen. Der Onkel mit seinem chorerprobten Bariton stimmte sie an, und manchmal wagte er eine zweite Stimme als Begleitung. Wir sangen *O Tannenbaum*, *Stille Nacht*, *Kommet ihr Kindlein* – nichts wurde ausgelassen. Und irgendwann kam das Lied, von dem ich jetzt erzählen will: *Am Weihnachtsbaum die Lichter brennen*.

Sofort regt sich mein erwachsener Verstand: Biedermeierkitsch! Schon die Melodie versprüht pure Romantik mit ihrer hohen Lage und den Endungen auf der Terz. Sage ich heute. Aber an diesen Abenden war es für mich das wichtigste Lied, innerlich erwartet, mit einer hoffnungsvollen, auch ein wenig bangen Stimmung in der Brust. Warum?

Ich spürte sofort, dass sich meine Oma tief auf das Lied konzentrierte. Mein Vater sagte mal, es sei zu Weihnachten ihr Lieblingslied. Intensiv sang sie es mit. Wer zu hören vermochte, den erfasste die Wehmut, die in ihrer Stimme schwang.

> Am Weihnachtsbaum die Lichter brennen,
> Wie glänzt er festlich, lieb und mild,
> Als spräch' er: wollt in mir erkennen
> Getreuer Hoffnung stilles Bild.

Die letzte Zeile bereitete den kommenden magischen Moment vor: Drei bedeutungsschwere Worte – „Treue", „Hoffnung", „Stille" – vereinten sich zu einem „Bild". Kein aussagbarer Sinn lag darin für mein Kindergemüt, aber eine Leuchtkraft wie, so würde ich später sagen, von einer Ikone.

Auch bei der nächsten Strophe hatte die letzte Zeile die tiefste Bildkraft:

> Die Kinder stehn mit hellen Blicken,
> Das Auge lacht, es lacht das Herz;
> O fröhlich', seliges Entzücken!
> Die Alten schauen himmelwärts.

Der andächtige Blick nach oben – welches Klischee! So schaute niemand in meinem Umfeld, auch jetzt nicht, bei der Weihnachtsfeier, nicht einmal Oma. Das gab es im wirklichen Alltag nicht. Aber auf kleinen frommen Bildchen, von Jesus zum Beispiel. Und bei Kindern, wenn sie Vertrauen hatten zu einem Erwachsenen.

Die nächste Strophe erzeugte das, wovon ich in dieser Geschichte erzählen will:

Zwei Engel sind hereingetreten,
Kein Auge hat sie kommen sehn,
Sie gehn zum Weihnachtstisch und beten,
Und wenden wieder sich und gehen.

Das war für mich der geheimnisträchtige Augenblick des Liedes, ja der ganzen Weihnachtsfeier. Wir alle beschworen durch die Kraft unserer Stimmen das Erscheinen zweier heller Wesen, wie ich sie von Bildern und Skulpturen kannte, ihr Gehen und Beten und sich Umwenden, langsam, gemessen, freundlich, versunken in ihr Tun. Unwirklich sind sie – man sieht sie nicht –, aber dennoch: dieses bewegte Bild ergriff wirkmächtig meine Seele, so dass das Besungene für mich in der Tiefe geschah, auf eigene Art.

Natürlich, wir wissen alle und haben uns verständigt: Es gibt die faktische Wirklichkeit, dagegen die unwirkliche, scheinfaktische Welt des Traums, die bloße phantastische Konstruktion von Einbildungen, und anscheinend schwer zugängliche, von „kranken" Gehirnen erzeugte Wahnbilder. Und zum Beispiel den Film, von dem man weiß, wie er gemacht wird, auch wenn er uns noch so sehr gefangen nimmt.

Eine magische Wirklichkeit, wo etwas eigentlich nicht ist und doch so mächtig da ist, dass es unabweisbar erlebt wird, solche Momente gehören doch der uralten Vergangenheit an, oder? Wenn die Sippe ferner Vorfahren ums Feuer saß und der Schamane durch Gesänge, wüste Masken, zauberhaftes Hantieren und vernebelnde Dämpfe Geister und Dämonen ins Erleben wachsen ließ. Aber in unserer Welt?

In der Rückschau, heute noch dünn nachwehend, war das für mich als Kind ein solcher magischer Moment. Er verblasste bei den beiden nächsten Strophen, die davon erzählen, was die beiden Engel den versammelten Frommen zu sagen hatten, um sich dann in der letzten Strophe noch einmal zu verdichten:

Kein Ohr hat ihren Spruch vernommen,
Unsichtbar jedes Menschen Blick,
Sind sie gegangen, wie gekommen,
Doch Gottes Segen blieb zurück!

Da haben sie gesprochen, wir haben ihre Worte gesungen, und doch war es unhörbar. Die beiden Wesen zogen alle in den Bann und waren doch nicht wahrnehmbar: Wirklichkeit im Zwielicht, aber man kann den Blick nicht abwenden.

Zurück blieb „Gottes Segen", was immer das sei. Nicht greifbar für mich als Kind, aber irgendwie bedeutsam, von anderer Wirklichkeit als die weihnachtlichen Geschenke und der Kartoffelsalat mit Würstchen.

Public Viewing 1954

Früher gab es viel mehr Kneipen in dem Viertel in Oberhausen, im Ruhrgebiet, in dem ich aufgewachsen bin. Die meisten hießen einfach nach dem Familiennamen des Wirtes, also „bei Töpp" oder „Mikus". Eine Gastwirtschaft nannte man „bei Borghoff". Sie lag in der Wilhelm-Tell-Straße, rechter Hand von der Brücktorstraße aus gesehen.

Sie hatte eine Kegelbahn, auf der ich irgendwann einmal meine erste Kugel geschoben habe. Jeden Donnerstag traf sich dort nachmittags ein Damenkegelclub, und das bedeutete: Jeden Donnerstag machte meine Tante Lene auf ihrem Weg von der Marienburgstraße dorthin bei uns Station, um bei einer Tasse Kaffee eine Runde zu reden. Zeitweise machte meine Mutter auch mit bei diesem Club.

In jener Kneipe hatte ich mit acht Jahren einen der bewegendsten Momente meiner Kindheit. Es gab noch wenige Fernseher, aber in dieser Gastwirtschaft war einer. An jenem „Tag von Bern", dem WM-Endspiel 1954, stand er im Saal, und der war zum Bersten voll. Wir Kinder saßen ganz vorne auf dem Boden, fast unter dem Tisch mit dem Fernseher. Es herrschte eine Gänsehautstimmung, auch wenn die hinten im Saal kaum erkennen konnten, was sich auf dem kleinen Bildschirm abspielte. Als Kind fühlt man sich unglaublich getragen von intensiven Gefühlen einer großen Gemeinschaft von Erwachsenen. Und beim berühmten „Aus, aus, aus!" des Reporters Herbert Zimmermann brach ein Jubel los, den ich bis in die Knochen und Zehenspitzen spürte und den ich bis heute nicht vergesse. Das waren alles Männer, die Nazizeit, Krieg und Nachkriegsnot erlebt hatten, unterschwellig mit der Vergangenheit haderten und jetzt einmal auftauchen konnten aus der grauen Welt. Das war ein Jubel ganz von innen heraus, nicht mediengemacht. Und Helmut Rahn, der Essener Junge von nebenan, hatte das entscheidende Tor geschossen, und nicht der nette, aber abgehobene Millionenstar Mario Götze.

Das war „Public Viewing" 1954. Ich suche in meinen Erinnerungen, ob ich jemals wieder solch ein Erlebnis hatte. Sicher nicht bei späteren WM-Endspielen: Da saß ich schaumgebremst auf der Couch. Ja, gewiss, denke ich: Als Kind ist man offener für begeisternde Augenblicke.

Doch, da war was. Vor (leider) auch schon etlichen Jahren stand ich, eingekeilt in einer Menschenmenge, auf dem Domplatz in Bremen, meinem heutigen Wohnort, weit vor mir eine große Leinwand mit der Übertragung des Spiels. Werder holte mit dem 3:1 in München den Meistertitel! Da gab es beim Schlusspfiff auch so einen Jubelsturm, aber er ging mir bei Weitem nicht so durch Mark und Bein wie damals.

Sehnsucht

Heute ist Arbeit angesagt. Er merkt es, als er den Grill winterfest macht und auf den Boden bringen will: Es wird einfach zu viel. Der Boden muss aufgeräumt werden! Ein alter Stuhl, der schon jeden Umzug mitgemacht hab, nur weil Karin, seine erste Freundin, auf diesem Stuhl mal auf seinem Schoß saß. Mein Gott! Wie lange ist das her! Also gut, ein Kandidat für den Sperrmüll.

Der Seemannskoffer. Immer sperrig gewesen, das Verhältnis zwischen der Grundfläche und der Aufnahmefähigkeit stimmte einfach nicht, mit keinem Schrank konnte er mithalten. Die geblümte Bettwäsche war halt drin, ja, diese Bettwäsche. Ein wichtiges Beziehungselement, damals. In den Dielen der ersten gemeinsamen Wohnung hatte dieses Ungetüm Schrammen hinterlassen, die sie notdürftig vertuschten. Der trübselige Inhalt heute: ein paar faule, muffige Kissen. Also auch Sperrmüll. Aber wie sollte er ihn runterkriegen? Sollte er warten, bis sein Sohn Malte zu Besuch kam?

Die Pappkisten mit Büchern, die nicht mehr ins Billy-Regal passten und nach oben auswandern mussten, werden auch immer mehr. Er stellt sie ein wenig um. Wo sind die ganz alten? Konnte man die nicht endlich ...? Er hat einen Wäschekorb mitgebracht, und weil er keine Lust hat, den Staub aufzuwirbeln, womöglich zu husten, indem er in jedes Buch einem prüfenden Blick unterzieht, wirft er sie gleich hinein. *Ich will nicht immer wieder entscheiden, ob ich vielleicht doch noch einmal, nach der Rente, in genau dieses Buch hineinschauen will. Tue ich ja doch nicht! Wikipedia ist bequemer.*

Halt, was haben wir denn hier? Das alte Liederbuch. Wusste gar nicht, dass ich das noch hier oben habe. Meine Güte! So weit weg! Das Liederbuch aus der Jungengruppe, aus der kirchlichen Jugend. Auf jedem Gruppenabend wurde daraus gesungen, vor allem aber: auf den Fahrten. Zeltlager, im Sauerland, im Münsterland, am Rhein. Singen am Lagerfeuer. Werner mit seiner Klampfe. Ich hatte auch mal eine, konnte fünf, sechs Griffe.

Er blättert in dem vergilbten Heft mit dem geknickten Umschlag. Schmunzelt bei den „Drei Chinesen mit dem Kontrabaß", überschlägt die Kirchenlieder. An diese Texte glaubt er schon lange nicht mehr. Da sind sie: das, was sie damals „Fahrtenlieder" nannten. „Aus grauer Städte Mauern": Das muss alt sein, das war bündische Jugend, noch vor dem 1. Weltkrieg, weit vor seiner Zeit. Das hier auch: „Heia Safari", verlogene Romantik aus der Kolonialzeit. *Aber wir haben das tatsächlich noch gesungen! Es war allerdings auch eine schöne Melodie.*

Dann hält er inne. Ein Kloß steigt in seinen Hals, er muss dagegen anschlucken. „Gute Nacht, Kameraden". Das war oft das letzte Lied am Lagerfeuer. „Bewahrt euch diesen Tag!" Wie wertvoll waren die Tage damals, wie einzigartig, wie dicht die Gerüche, die Arbeit am Zeltplatz, die Gemeinsamkeit. „Bewahrt ein festes Herz, und Fröhlichkeit in euren Augen." Ein festes Herz, denkt er, das hatten wir. Damals. Im Laufe des Lebens hat es Risse bekommen. *Habe ich noch Fröhlichkeit in den Augen? Manche haben das, diese nach oben weisende Runzelpalme rechts und links vom Augenwinkel. War ich zu ernst dafür im Leben?*, fragt er sich.

„Denn fröhlich kommt der Tag
daher wie Glockenschlag,
und für ihn sollt ihr taugen!"

Das hatte ihn beschäftigt, damals, in dieser verant-
wortungsvollen Kirchlichkeit. Wie taugt man für einen
Tag? Eine verschwommene Bereitschaft wurde daraus, ein: Ja, da bin ich, was ist zu tun?

Er schüttelt den Kopf. *Ich weiß ja, ich weiß. Das Lied
ist von 1938. Kameradschaft, ja Opferbereitschaft
wurde missbraucht. Und doch haben wir damals, am
Lagerfeuer in der späten Nachkriegszeit, uns in der
Stimmung dieses Liedes gegenseitig gehalten, wir
hatten Grund unter den Füßen. Was ist aus den Kameraden geworden? Waren es überhaupt welche,
oder war es nur die Stimmung? Zu einem einzigen
habe ich heute noch Kontakt. Von dieser Zeit sprechen wir nicht, wenn wir uns anrufen, vielleicht einmal
im Jahr.*

Er blättert weiter. Im Grunde weiß er, wonach er
sucht. Nach einem bestimmten Lied, das ihm manchmal einfällt, meist, wenn er sich einsam und melan-
cholisch fühlt. Bilder eines Abends steigen hoch. Gab
es diesen Abend? Oder hat sich seine Erinnerung diesen Abend geformt, als einen Abend, der eine Stimmung festhält, auch wenn unklar ist, wo und wann er
war, und ob er überhaupt genau so geschehen ist. Die
Anderen aus der Gruppe verzogen sich in die Zelte. Er
hatte sich rasch für die erste Wache gemeldet – Glück
gehabt, denn Wachbleiben war leichter, als aus dem
Schlaf gerissen werden.

Er sieht sich allein am Lagerfeuer sitzen, ab und zu
ein Stück Holz in die Glut nachschiebend. Und dann
summt er das Lied: „Wenn der bunte Wimpel wieder",

und zwar in der weniger bekannten, aber viel tiefer nachklingenden Moll-Melodie. Die haben sie immer gesungen, nicht die trällernde Dur-Variante. Die dritte Strophe, die wird er nie vergessen.

„Stille zieht durch alle Welten,
dunkel wird die Nacht.
Nur ein Junge bei den Zelten
hält getreue Wacht.
Leise singt er seine Lieder
in der Sehnsucht wach,
und die Flammen brennen nieder
unterm Sternendach.“

Ein feuchter Film bedeckt seine Augen. Was war das für eine Sehnsucht? Er spürt nach, wie er sich damals wie aus der Zeit fühlte. Ein Moment, in dem die Sehnsucht alles einnimmt, den ganzen Platz im Herzen, ohne ein Ziel, ohne benennbaren Gegenstand. *Es war, es ist, als ob das Leben an sich ganz aus Sehnsucht gemacht ist.*

Wonach sehne ich mich heute? Frieden? Glück? Verstehen? Dass alles gut ausgeht mit dem Tod?

So saß er damals, war es nicht an dem kleinen See im Sauerland? Fast hatte er vergessen, das Feuer zu nähren. Er weiß nicht mehr, wie der Moment endete.

Jetzt reißt er sich los, als seine Frau ruft. Wo er denn bleibe. Der Tee sei fertig. Und als er wieder unten ist, fragt sie ihn, wie weit er gekommen sei. Er kann ihr sagen, dass er ein paar Sachen aussortiert hat, und dann habe ihn die Erinnerung festgehalten. Sie schmunzelt, sie kennt das. Sie nimmt seine Hand, das tut ihm gut. Er denkt, das ist jetzt, wie wenn eine kleine Sehnsucht an ihr Ziel kommt. *Die große Sehnsucht aber – hat sie ein Ziel?*

III

Schicksalsmomente

Der Schlag auf die Hüfte

Mitten in der Nacht stand Jakob auf und überschritt mit seiner ganzen Familie an einer seichten Stelle den Jabbokfluß. Seine Frauen und Nebenfrauen, die elf Söhne und alle seine Herden brachte er glücklich auf die andere Seite. Nur er allein blieb zurück.

Da trat ihm ein Mann entgegen und kämpfte mit ihm bis zum Morgengrauen. Als der andere sah, daß sich Jakob nicht niederringen ließ, gab er ihm einen Schlag auf das Hüftgelenk, so daß es sich ausrenkte. Dann sagte er zu ihm: „Laß mich los; es wird schon Tag!"

Aber Jakob erwiderte: „Ich lasse dich erst los, wenn du mich gesegnet hat."

„Wie heißt du?" fragte der andere, und als Jakob seinen Namen nannte, sagte er: „Du sollst von nun an nicht mehr Jakob heißen. Du hast mit Gott und mit Menschen gekämpft und hast gesiegt; darum wird man dich Israel nennen."

Jakob bat ihn: „Sag mir doch deinen Namen!" Aber er sagte nur: „Warum fragst du?" und segnete ihn. „Ich habe Gott selbst gesehen", rief Jakob, „und ich lebe noch!" Darum nannte er den Ort Penuël. Als Jakob den Kampfplatz verließ, ging eben die Sonne auf. Er hinkte wegen seiner Hüfte.[1]

Henry legte das Buch mit dem aufgeschlagenen Text auf den Schreibtisch. Diese Stelle hatte er gesucht, hatte sich gleich nach dem Mittagessen nicht wie gewohnt auf die Couch gelegt, sondern seiner Frau scheinbar nachlässig zugeraunt, er müsse wegen der

---

[1] Buch Genesis, Kap. 32, Verse 23-32. Aus: Die Bibel in heutigem Deutsch. Die Gute Nachricht des Alten und Neuen Testaments. Deutsche Bibelgesellschaft, Stuttgart 1982, S.31

Predigt vorhin noch etwas nachschauen, hatte sich in sein Arbeitszimmer verdrückt und in der Bibel geblättert. Erstes Buch, das dem Moses zugeschrieben wird, ja, die Geschichte muss kurz vor der großen Versöhnungsszene stehen, als Jakob auf Esau, seinen rothaarigen Zwillingsbruder trifft. Die Geschichte vom Hinken.

Was hatte er sich verjagt heute am Vormittag, knapp vor Ende des Gottesdienstes. Er hatte in der Bank gesessen und zusammen mit der Gemeinde – immerhin gut zwei Dutzend waren es heute – *Ein feste Burg ist unser Gott* gesungen, das alte, direkt auf ihn, Martin Luther, gegründete Lied, bewusst von Henry ausgewählt, weil er heute in seiner Predigt die verborgene Unsicherheit des Lebens behandelt hatte, die stete und tiefe Gefährdung der Existenz, selbst wenn der äußere Schein glänzt und alle Schatten überstrahlt. Wo ist die „feste Burg"? Schmerzlich drängte sich das Gesicht seiner Frau Walburga vor das Traumbild einer Schutz- und Trutzburg oben auf dem Berg. Heute hatte sie ihn wieder nicht in den Gottesdienst begleitet, wie nun schon seit Wochen. Sie müsse etwas Abstand gewinnen zum kirchlichen Einerlei, hatte sie neulich gesagt. ‚Kirchliches Einerlei', das rumorte in seinem Magen, aber er hatte noch nicht den Mut gefasst, sie offen darauf anzusprechen. Sie hatte gut reden, sie hatte mit der Leitung einer Schule genug, was sie ausfüllte. Was hatte er, ohne dieses ‚Einerlei'? Von seinen beiden Kindern, jetzt schon fast erwachsen, hatte er Ähnliches zu hören bekommen, und die Gespräche darüber hatten die Wunde eher entzündet als geheilt.

Bei den letzten Tönen des Liedes war er aufgestanden, hatte seinen Talar gestrafft, war gemessen auf die drei Stufen zum erhöhten Altarboden zugeschritten, um oben sich den Leuten zuzuwenden und, nach einem Moment der Sammlung, die gemeinsame Feier durch den großen Aaronitischen Segen abzuschließen, dieses uralte, immer noch erhebende und kraftvolle Ritual, gut lutherisch nach der Weise des Moses: *Der Herr segne dich und behüte dich; der Herr lasse sein Angesicht leuchten über dir und sei dir gnädig; der Herr hebe sein Angesicht über dich und gebe dir Frieden.*

Doch auf der zweiten Altarstufe geschah es. Scharf vom Zehballen des rechten Fußes über die Wade mitten ins Knie schoss ein greller Schmerz, zerknickte quer durchs Bein alle Muskelspannung, und wäre nicht Herr Menke, der neue Küster, blitzwach aufgesprungen, mit einem lauten „Herr Pfarrer!" zu ihm gestürzt und wie ein Rammbock fest dagestanden, er wäre ohne Halt der Länge nach auf die Marmorplatten geknallt, mit dem Kopf zuerst, und hätte sich wer weiß was getan. „Henry!" rief ein Freund aus der hinteren Reihe, eine Frau schrie auf, aber da löste er sich schon vom etwas muffigen Mantel des Küsters, in den er sich gekrallt hatte. „Danke, Herr Menke, danke, sehr gut! Aber es geht schon", keuchte er, zwang sich die drei Stufen hinauf und absolvierte den Segen, matt und ohne die Kraft, die er sich vorgenommen hatte. Aber da unten im Bein zog es, weicher jetzt, aber stetig und beherrschend, als hätte der Schmerzpfeil eine wunde Spur hinterlassen auf seiner Bahn. Auftreten, ja, das ging, aber jeder Schritt rief das erste heftige Zucken ins Körpergedächtnis, und er zögerte rechts beim Gehen, verließ sich mit seinem Gewicht auf das linke Bein. *Schongang*, dachte er, als er sich zur Tür bewegte, um die Leute zu verabschieden, vorsichtig, leicht wankend, als müsse er ausgerechnet jetzt, wo alle zuschauen, das Gehen neu lernen. Die meisten, die im Gottesdienst waren, sprachen ihn auf den Vorfall an, wünschten ihm alles Gute, und er dankte und spielte das Geschehen mit freundlichen Beschwichtigungen herunter.

Natürlich blieb es zu Hause nicht verborgen, dass er hinkte. Walburga hörte es schon, als er nach dem Aufhängen des Mantels den Flur entlangschritt. „Was ist passiert?" rief sie durch die Tür. „Ach, das geht schon. Hab mich etwas vertreten, als ich zum Altar hochging. Hat schon nachgelassen." Wie um es zu beweisen, riss er mit Schwung die Tür zur Wohnküche auf und wollte eine elegante Drehung folgen lassen, so wie damals, als sie den Walzer lernten und er es beim beherzten Vorwärtsschritt des rechten Beins auf der Eins genoss, mit der Hand exakt auf der Taille der Frau, der Führende zu sein. Doch der Bogen misslang, der Schmerz rief sich zuckend in Erinnerung, nicht so scharf wie vorhin, aber doch so, dass er die Show abbrechen und sich mit gerunzelter Stirn auf dem Küchenstuhl niederlassen musste.

„Na", meinte Walburga, „da solltest du nächste Woche doch mal zum Orthopäden gehen." Henry schüttelte den Kopf. Er kannte Ulrich, der die Praxis hatte, zwar schon seit vielen Jahren, aber beruflich hatte er ihn noch nie konsultiert. Er erinnerte sich, was Ulrich sagte, als er den zweiten Facharzt nachholte, um nicht mehr als Neurochirurg arbeiten zu müssen. Orthopädie sei eine ruhige, aber ganz sichere Sache, hatte er gesagt. „Die Demographie, weißt du? Alle werden älter, und irgendwann kommen sie alle zum Orthopäden gekrochen!"

„So weit bin ich noch nicht", sagte Henry jetzt zu seiner Frau, „das geht von selbst vorbei." „Dein Wort in
Gottes Ohr", versetzte Walburga und verhielt, fast er-
schrocken, mitten in einer unwillkürlichen fahrigen
Bewegung, als hätte sie sich die Hand vor den Mund
halten wollen, wie nach einer ungehörigen Bemerkung.

Dennoch gab er ihrem Rat nach, setzte sich im Wohnzimmer in den großen Ohrensessel und legte das Bein
hoch auf den Couchtisch, mit einem Kissen dazwischen, das ihm Walburga brachte. Er lächelte ihr zu,
als sie Richtung Küche verschwand, um weiter am
Mittagessen zu arbeiten.

Dort schon, im Sessel, fiel ihm die Geschichte von Jakobs Ringkampf am Jabbok ein, als der den Schlag auf
die Hüfte bekam, auf das *Pfannengelenk, daraus er
hinkte.* Diese Formulierung ging ihm nicht aus dem
Kopf. Ja, so hatte es Thomas Mann in seinem Josephs-
roman ausgedrückt! Herrlich, wie er das Treffen Jakobs mit Esau danach als unnachahmliche Satire ge-
staltete. *Wie habe ich das Buch verschlungen*, erinnerte sich Henry. Er sah sich einsam auf einer Burg-
ruine in Wales sitzen, hoch über einem Tal in der Nähe
von Llangollen, waghalsig nach flinkem Aufstieg auf
die Reste des Wehrturms, lesend und lesend, gebannt
von der fülligen Sprache Thomas Manns. Getrampt
war er damals, im ersten Sommer nach dem Abitur,
quer durch England bis nach Schottland hinauf. Hatte
sich auf alle eingelassen, die ihn mitnahmen, auf einen konservativen Parlamentarier genauso wie auf einen Lastwagenfahrer mit knorrigem Cockney-Dialekt.
Was für ein Hochgefühl, damals.

Walburgas Stimme riss ihn aus den Gedanken. Das
Mittagessen. Die Kinder waren nicht da. Jonathan war

auswärts auf einem Fußballturnier, und Klara besuchte eine alte Freundin, die vor ein paar Monaten in eine Nachbarstadt gezogen war. Sie waren heute zu zweit, und sie sprachen weniger als sonst. Üblicherweise hätte er vom Gottesdienst erzählt, aber dieses Mal hätte er das Ereignis auf der Treppe umschiffen müssen, und dann wäre es eine Lüge gewesen. Also ließ er es und wartete auf Bemerkungen seiner Frau. Die bezogen sich nur auf das Essen. Er antwortete brav, und dabei blieb es.

So saß er jetzt am Schreibtisch vor der Bibel, aufgeschlagen war die Seite mit der Szene am schäumenden Jabbok. Ein paar Kommentare hatte er aus dem Regal geholt, dicke Wälzer, aber die brachten ihn nicht weiter. Die Geschichte sei eine alte heidnische Ortssage von einem Flussdämon, der Reisende an dieser Furt überfällt, ein Symbol für die Lebensgefahr durch das reißende Wasser. Die Kraft des Dämons schwinde mit dem Tageslicht und mit der Nennung seines Namens - ebenfalls mythische Vorstellungen aus einer Naturreligion, wie auch der Berührungszauber, der hinken macht, und die handfeste Interpretation von ‚Segen' als Gefügigmachen der dämonischen Kraft durch den angegriffenen Menschen. Diese Sage habe der Verfasser in die Geschichte von der Wanderung Jakobs eingeflochten, um ihn vor der Begegnung mit dem durch ein Linsengericht abgespeisten, ungesegneten Esau als den eigentlich und doppelt und dreifach Gesegneten hinzustellen. *Nicht uninteressant*, dachte Henry.

Aber warum dann diese Verletzung? Der Ehrentitel Israel, ja, der hob ihn hervor, aber das Hinken? Das würdigte ihn doch herab! ‚Hinkefuß', an diesen Spott von Schulkameraden, gemünzt auf Kinder aus der benachbarten Förderschule, erinnerte er sich. Der große Stammvater der zwölf Stämme Israels – ein Krüppel! Und warum ließ ihn, Henry, diese Geschichte nicht los? Warum zwang sie ihn so sehr an seinen Schreibtisch, dass er auf das gewohnte Ritual des Mittagsschlafs verzichten musste?

Jakob, der Betrüger. Jetzt fiel ihm ein, dass die Bibel selbst den Namen so deutet. Großes wurde ihm verheißen, schon vor der Geburt und dann in einem himmelweiten Traum zu Bethel. Aber nur durch Tricks blieb die erhabene Zukunft offen: abgeluchst hatte Jakob sich das Erstgeburtsrecht, erschlichen durch Täuschung den väterlichen Segen, und das nur, weil Mutter ihn zu seinem Glück schubste. Halbseiden waren seine Aktionen als Angestellter Labans: übers Ohr gehauen hat er ihn! Ein Lügner durch und durch! Und ein Angsthase! Er tritt nicht selbstbewusst seinem betrogenen Bruder Esau entgegen, sondern will versuchen, getrieben von schlechtem Gewissen, durch gestaffelte Geschenke die wuchtige Wut des roten Esau zu verwirren.

Jakob ringt mit seiner unrühmlichen Vergangenheit! Mit seinen Lebenslügen! Dieser Gedanke nahm sich Raum in Henrys Kopf. *Das will uns, das will mir die Geschichte sagen*. Nach diesem Kampf ändern sich die Erzählungen über Jakob. Schritt um Schritt gewinnt er danach die Statur eines Patriarchen, zurückhaltend im Handeln, weise in seinen Entscheidungen, aber doch und vor allem zutiefst menschlich in der Größe seiner Emotionen, gerade auch im Unglück. Er beginnt, seine Verheißung auszufüllen. Der Preis dafür:

das Hinken. Es wird ihn zukünftig an seine Lebenslügen erinnern, und an seine Wandlung am Jabbok, vor dem ‚Durchschreiten der Furt'.

Henry saß noch lange am Schreibtisch und machte sich Notizen. Walburga kam herein und merkte, dass er mit seinen Gedanken weit weg war. Das kannte sie von ihm, und geduldig wartete sie ab.

Was sind meine Lebenslügen? Henry schrieb Sätze, strich sie wieder aus, veränderte sie. Stichworte rauschten durch seine Gedankenwelt. *Sage ich meiner Gemeinde die Wahrheit über das, was die Bibel eigentlich ist? Bringe ich ihnen vorsichtig bei, was ich im Grunde seit dem Studium weiß: Es sind wertvolle, aber menschengemachte Geschichten, die großartige Weisungen enthalten – aber kein Offenbarungsdiktat eines jenseitigen Gottes? Bin ich so ehrlich zu schildern, wie radikal dieser Jesus aus Nazareth war, was er uns eigentlich abverlangt mit seiner Botschaft vom Reich Gottes, das schon da ist, so dass wir alles loslassen können, was uns an den Dingen kleben lässt, die unsere Angst vor dem Tod zudecken? Warum hänge ich an diesen Ritualen, dem großen Segen, dem Abendmahl? Immer wieder stimme ich Lieder an, hinter deren Texten ich schon lange nicht mehr stehe, nur weil sie von Luther stammen oder von Paul Gerhardt, und die Melodien von Schütz oder Bach. Warum?*

Eine Frage reihte sich an die andere. Hinter ihnen stieg die Frage aller Fragen auf: *Kann ich so weiterleben? Kann ich Pfarrer bleiben? Mit welchem Recht? Henry, der Betrüger, der Lügner?*

Nicht lange, dann würden die Kinder von ihren Unternehmungen zurückkommen. Gleich war es Zeit für den Tee, wie immer am Sonntagnachmittag. Bestimmt stand er schon bereit. Er erhob sich, schritt zögerlich ins Wohnzimmer, wo der Darjeeling duftete. Fast wohlwollend bemerkte er, dass er immer noch leicht hinkte. Dann sagte er zu seiner Frau: „Walburga, lass uns mal reden."

Volltreffer

Die Trümmer als gegeben hinzunehmen, als Normalität, das hatten sie gelernt. Auch heute, nach dem neuen Bombenangriff auf ihre Stadt in der letzten Nacht, trafen sich die Jungs der Obersekunda kurz vor Schulbeginn an ihrem Stammplatz auf dem Schulhof und debattierten über das, was sie sahen. An ihrer Schule waren nur einige Fenster kaputt - der Luftdruck, sie hatten nicht standgehalten. Sie registrierten das mit der Wissbegier aufgeweckter Sechzehnjähriger, so war es eben. Der Druck, meinte einer, muss vom großen Bunker an der Bahnhofstraße herübergefegt sein. „Mein Cousin meint, da ist eine Fliegerbombe direkt vom Bunker abgeprallt und einige Meter über dem Boden explodiert." Man sah es: Die Außenhaut des Bunkers hatte riesige Schürfwunden, aber sie hatte gehalten. Karl-Heinz war drin, hatte das alles erlebt. „Mein Nachbar hat sich den Arm gebrochen", erzählte er, „so hat alles gewackelt. Wände und Böden haben gezittert." Einige hätten gebetet, aber es ging ja alles gut. „Die können das eben, Bunker bauen", meinte Hermann fachmännisch.

Vom Rathaus kroch Qualm herüber. Es hatte einen schweren Treffer abbekommen. Zwischen kahlen Außenwänden kokelte ein Durcheinander von Gebälk, Steinen und Möbeln. „Mein Opa ist bei der Feuerwehr", machte sich der kleine Heinzi bemerkbar. „Er sagt: Niemand war drin. Die Brandwache war in den Bunker geflüchtet." „Das geht doch nicht! Der Blockwart muss sie deswegen zusammenzustauchen!" rief Ulrich. „Ich hätte ausgehalten. Wache ist Wache", meinte Peter. Theo war im Zweifel. Aushalten, ja, das musste man, aber für Mauern und Möbel? Für Menschen, ja, für Kameraden auf jeden Fall. Dann musste die Gruppe sich sputen, um rechtzeitig im Klassenraum zu sein. Eigentlich hatten sie gedacht, sie würden heute zum Trümmerräumen eingeteilt, aber die Parallelklasse war dran.

Heute Morgen hatte Theo zu seiner Lederhose das hellbraune Hemd der Hitlerjugend angezogen. Wut hatte den Griff nach diesem Hemd diktiert, Wut über die feigen Luftangriffe, Wut über den Krieg der Alliierten gegen das deutsche Volk, das doch nur Gutes im Sinne hatte, so wie der Führer, wenn es sich gemeinsam mit ihm gegen den gottlosen Bolschewismus stemmte.

Sonst griff er sich meistens das karierte Hemd, das geheime Zeichen der Katholischen Jugend, seitdem diese mitsamt ihren Blauhemden verboten war. Für Theo ein Missverständnis, das nach dem Sieg überwunden wird. Das konnte, das durfte doch gar kein Gegensatz sein! Aus der gleichen Quelle in seinem Herzen sprudelte die Begeisterung für die Bewegung, für das Volk, für das tiefe Aufgehen im Wir, wie auf der anderen Seite für den Herrn der Welt, für die große geistliche Gemeinschaft, für die Nachfolge Christi. Beides verlangte den großen, bedingungslosen Einsatz, beides entzündete das heiße Herz des sehnsuchtsvollen Jugendlichen, und beides erhob ihn aus der Kindheit in die ebenbürtige Gefolgschaft. Warum musste man die Hitlerei verdammen wie sein frommer Onkel, der die gewaltigen Ziele der Bewegung nicht verstand? Warum der Kirche ihr historisches Ende vorhersagen wie sein brillanter Geschichtslehrer, der wie kein Anderer Theos Stolz auf seine deutschen Wurzeln wachrufen konnte? Dieser scheinbare Gegensatz: ein Missverständnis, nichts anderes. Diese Überzeugung verdeckte seine geheime Angst, die Welt könnte doch in sich widersprüchlich und sein fester Stand eine Illusion sein.

Als sie in der Pause gerade über das mutmaßliche Gewicht der Fliegerbombe fachsimpelten, marschierten die Unterprimaner auf den Schulhof. Theo äugte hinüber. Das waren jetzt die Ältesten der Schule, nachdem die Oberprimaner vor wenigen Wochen nach einem Notabitur eingezogen wurden. Die durften sich jetzt darauf vorbereiten, das deutsche Volk im Osten zu verteidigen und seinen Lebensraum zu schützen.

„Die waren bei der Flak", hörte Theo seinen Freund Peter sagen. „Bist du neidisch?" fragte er. Müde schauten sie aus, einige stolperten. Die ganze Nacht hatten sie in den Vorbergen der Stadt verbracht, an den Standorten der Flugabwehr.

Stolz hatten sie es jedem in der Schule, der es wissen wollte, berichtet. Wie sie in wenigen Wochen von alten Soldaten als Wehrmachtshelfer ausgebildet und dann in Gruppen den Helden an diesen drehbaren, langrohrigen Geschützen zugeteilt wurden, um ihnen zuzuarbeiten: Munition heranschleppen und, in eingeübter Präzision, dem zweiten Schützen anreichen, der die Kanonen fütterte. Funksprüche mitschreiben, wenn der Funker die Frequenz gefunden hatte, auf der die Bewegungen der feindlichen Flieger gemeldet wurden. Mit dem Mann am Scheinwerfer in den schwarzen Himmel starren, ob der Lichtkegel ein Flugzeug erwischte. Das alles beinahe im Stockfinsteren, man konnte nur mit einer abgedunkelten Taschenlampe hantieren.

Ja, das kostete Kraft, der fehlende Schlaf war nicht zu kaschieren, aber sie trugen den Kopf hoch, das sah man, und die Obersekundaner lasen in ihren Augen: so jung, so wichtig im Kampf, und ihr Jüngeren dürft noch nicht …

Wenige Monate später, und die Ereignisse überschlugen sich. Jeder Unterprimaner, der schon 18 war, wurde zur Wehrmacht eingezogen, der Rest dem Volkssturm zugeteilt. Zusammen mit älteren Volksgenossen, manche mit Erfahrungen aus dem ersten Krieg, wurden sie am Wochenende von ehemaligen Frontsoldaten, die eine Verwundung überstanden hatten, drüben am Hang geschleift und auf die Verteidigung der Heimat vorbereitet. Und jetzt, endlich!, rückten sie, die Obersekundaner, als Wehrmachtshelfer nach – in die Flakstellungen!

Jede zweite Nacht waren sie dran. Die ersten Nächte in diesem Herbst waren kalt und langweilig. Kein Fliegeralarm. Wer einen dicken Pullover oder die Winterjacke anhatte, wurde zuerst belächelt, dann insgeheim beneidet. Aber natürlich ließ man es sich nicht anmerken, wenn man fror. Warm wurde ihnen nur, wenn sie gedrillt wurden, damit der Ablauf wie geschmiert läuft, einmal sofort zu Beginn der Wache, und dann noch einmal nach Mitternacht.

Zu siebt waren sie durch das Nebental zu dem Geschütz marschiert, das ganz oben auf der zweiten Bergkette lag, also am weitesten weg von der Stadt. Einer hockte mit seinem Notizblock beim Funker, einer beim Scheinwerfer, drei bildeten die Kette zum Zureichen der Flakmunition, und Theo und Peter als die Kräftigsten mussten den Munitionsnachschub herbeischaffen. Dazu stiegen sie ein Stück den Hang hin-

unter und liefen mit dem Handkarren über den Zieh-
weg zu einem Erdbunker, in dem die Kisten lagen.
Vier davon kriegte man auf den Karren, zerrte den
über den sanften Anstieg wieder hinauf, bis unterhalb
der Stellung, und dann kam das Anstrengendste: zu
zweit jeweils eine Kiste packen und den Hang hinauf-
schleppen, ohne abzurutschen und die Kiste ins Nirgendwo zu verlieren. Dann nahm die Kette die Kiste
in Empfang und hebelte sie auf.

Aber dazu kam es vorläufig nicht. Sie konnten den
Funk mithören: Bomberanflüge wurden gemeldet,
aber weiter südlich, Richtung Frankfurt, Richtung
Mannheim. Zwiespältig nahm Theo das auf. Tief drin-
nen war er froh, aber durch seinen Kopf tobten andere
Gedanken: Warum nicht wir? Warum interessiert die
Engländer unsere Stadt nicht? Oder die Amerikaner?
Wir wollen nicht herumsitzen, wir wollen kämpfen und
es euch zeigen!

Nach gut drei Wochen war es so weit. „Das ist für
uns", brummte der Flakschütze, der Kommandeur der
Einheit. Der Funkapparat rauschte, aber es war klar
zu hören: Einflug eines kleinen Bomberverbandes
über Montabaur, begleitet von Jagdfliegern. „Da kommen sie immer her, wenn es auf uns geht", sagte der
Funker. „Sie fliegen hoch an, und überm Westerwald
gehen sie tiefer, um besser zu treffen." „Wir holen sie
runter", keuchte Peter. Theos Herzklopfen drehte auf,
gleichzeitig machte sich ein schwerer Kloß im Bauch
breit. „Hört ihr das Brummen? Seid bereit!" rief der
Kommandeur. Der Scheinwerfermann harrte auf seinen Einsatzbefehl. Der Funker versuchte die Leitstelle
zu erreichen, um herauszubekommen, ob es eine
zweite Welle geben wird. Die Kanone war gefüttert,

die Reservekisten wurden aufgebrochen. Das Gedröhne wurde lauter, unheimlicher, keiner der Jungen konnte sich mehr gegen die Angst wehren.

„Licht an!" befahl der Schütze. Der Kegel tastete den Himmel ab. Da, ein Schatten! Eine Salve ging hoch. „Weiter rechts, Dreierreihe!" rief der Mann am Licht. Die nächste Salve. „Munition her!" brüllte der zweite Schütze und riss die drei Jungs von der Kette aus der Trance, sie folgten gebannt dem Geschehen. Sofort wirbelten die Hände und Arme, der Schütze konnte nachladen. Wieder eine Salve. „Da, Feuer!" rief der kleine Heinzi. Ja, brannte da ein Bomber? Kam er herunter? Verhaltener Jubel, da war das Feuer schon nicht mehr zu sehen, weg hinter dem Horizont. „Vielleicht war's ein Treffer", brummte der Kommandeur. Aber da kam schon die nächste Staffel, und wieder Salven, nachladen, den Himmel abtasten, dazwischen immer wieder Scheinwerfer aus, um das Orten schwerer zu machen. „Wir brauchen neue Kisten!" rief der zweite Schütze – das Zeichen für Peter und Theo, den Hang hastig runterzurutschen. Sie packten die Handkarre und jagten den Weg hinab, wie jede Nacht geübt. Eine Kiste raus aus dem Versteck und auf die Karre gewuchtet, die zweite, die dritte, bei der vierten rutschte Peters Hand ab. Er schrie laut, als ihm die Kiste auf den Fuß fiel. „Nochmal" schrie Theo gegen die Wummern der Kanone an. Sie schafften es, und Theo zog vorne an der Karre, Peter drückte humpelnd von hinten.

Da, ein lautes Dröhnen, anders, heller, schnell anschwellend, ein Pfeifen, ein riesiger Knall, ein Schatten über ihnen, hob sich weg in den Himmel. Stille. Oder war da ein Stöhnen? Peter war hingefallen, abgerutscht vom Karren, als er Kopf und Blick in den

Nachthimmel riss. Aber das Stöhnen kam von oben, von der Stellung. „Wir müssen da rauf!" zischte Theo. „Aber die Munition!" rief Peter. Sie wuchteten die Karre noch das letzte Stück hoch, sinnlos, denn alles blieb still, nur ein Stöhnen schmerzte in den Ohren, erst laut und dann leiser. Es roch verbrannt, ja: es flackerte da oben in der Stellung. Sie krochen den Hang hinauf, vorsichtig.

„Volltreffer", hauchte Peter atemlos. Im Schein von zwei, drei lodernden Feuerstellen sahen sie es: Das Geschütz, der Scheinwerfer, die Funkstation in Trümmern, der Kommandeur hing tot im Gestell, andere Körper erspähten sie am Boden, bewegungslos. „Hallo, hört mich jemand?" rief Theo. Keine Antwort. Doch, das leise Stöhnen, sie folgten dem Laut. Er kam von Heinzi. Blutend lag er unter einem Metallteil, der Arm abgerissen. Er atmete schnappend. „Heinzi!" Er reagierte nicht.

„Wir müssen ihn in die Karre legen und in die Stadt bringen", meinte Peter mutlos. „Das ist zu gefährlich für ihn", sagte Theo. „Wir müssen Hilfe holen. Den Doktor." Das taten sie, um etwas zu tun. Sie hatten keine Hoffnung, dass Heinzi überlebt.

Jahrzehnte später lernte ich Theo kennen, einen höchst aktiven und hilfsbereiten Menschen, bewundernswert. Es brauchte eine ganz besondere Situation, einen Unfall eines jungen Mannes, den er betreute, dass er in kleiner Runde plötzlich von diesem grauenhaften Erlebnis erzählte, leise, stockend, mit Pausen, in die keiner von uns hineinsprechen konnte. Immer wieder, gestand er uns, peitsche die Erinnerung diesen Augenblick ins Bewusstsein oder in einen Traum: das helle, anschwellende Heulen, das Pfeifen, den donnernden Knall. Und diesen Anblick: Alle tot, alle in einem einzigen Moment verwandelt, vorhin noch Mitschüler, Kameraden, jetzt blutende Leichen. „Merkwürdig", sann er vor sich hin, „die toten Soldaten waren in diesen Bildern nur Nebenfiguren, Soldaten halt, gefallen. Aber die Jungs aus der eigenen Klasse, die eben noch, wie soll ich sagen – wie ich waren. Und: Warum habe ich überlebt? Warum ich?" Später habe er Theorien über das Schuldgefühl bei Überlebenden gelesen. Es half ihm wohl nur wenig, nur rational, nicht innerlich.

Nach diesem Abend verstand ich Theo besser. Sofort nach dem Erlebnis muss er sich für den Weg der Religion entschieden haben, und das ganz und konsequent. Nach Kriegsende konzentrierte er sich auf ein rasches Abitur und trat den Jesuiten bei, dem Orden mit dem höchsten Anspruch. Wenn ich das zusammennehme, was ich von ihm weiß, dann suchte er immer wieder in seinem Leben, im Kleinen wie im Großen, für sich den schwierigsten Weg, den unangenehmsten Ort, die schmutzigste Arbeit, den radikalsten Verzicht. Und es war nie genug.

Er erzählte noch von Peter, seinem Mit-Überlebenden. Er habe versucht, ihm zu helfen. Aber sein Leben war ein einziges Scheitern – beruflich, familiär, persönlich. „Meine Hilfe reichte nicht", es klang, als verurteile Theo sich selbst. Nach dem dritten vergeblichen Versuch, die Alkoholsucht zu überwinden, habe Peter sich das Leben genommen.

Ein Abschied, endgültig

„Wat willze denn die alten Geschichten widder aufrührn?"

Die Mutter war skeptisch, wie immer. Im Zweifel rechnete sie mit allfälliger Enttäuschung. So wappnete sie sich, aber so saugte sie sich und anderen die Freude aus dem Leben.

Das schon in der Kindheit gezimmerte feste Schott im Herzen tat es immer noch, als hätten es heimliche Handwerkerhände jahrzehntelang gewartet und geölt. Es schloss sich zuverlässig, und die Ängste prallten ab. Aber das Schott war nicht ganz dicht. Irgendwo tief unten, fast schon unterhalb des Herzens im Magenbereich, musste es einen Ritz im Holz geben, da sickerte etwas ein, wie fauliges Abwasser. Heute, mit fast fünfzig Jahren, war es noch wie damals mit zehn.

Eigentlich hätte ich einfach fragen können, was sie denn meint mit den „alten Geschichten". Aber ich wollte nichts hören. Gut so. Ein besonderer Moment zwischen meinem Vater und mir wäre vorher schon zerredet worden.

Ich öffnete meinem Vater die Beifahrertür, und der alte Herr, munter wie selten, stieg ein. Die kleinen Koffer, es waren ja nur ein paar Tage, lagen schon im Kofferraum. Ich schwang mich hinters Lenkrad und fuhr los. Raus aus dem Viertel, hinter den Straßenbahnschienen her auf Mülheim zu, dann über den Knoten Kaiserberg – fast hätte ich mich verfahren – auf die wie immer stark befahrene A3 Richtung Süden.

Zum ersten Mal sprach der Vater. „Duisburg-Wedau. Das Stadion. Da sind wir auch gelaufen. Bei der Niederrheinmeisterschaft, wo wir den Ersten gemacht haben." „So, hier war das?", antwortete ich, wissend, dass mein Vater ein begeisterter Leichtathlet war, vor dem Krieg. Kurvenläufer in der 4x100-Meter-Staffel. Stadtmeister bei den Schulen waren sie, und dann Jugendmeister am Niederrhein. Ich wusste auch, wie stolz er darauf war. Heute noch.

So ist das, dachte ich, wenn man Erinnerungen anstößt. Dann kommen sie alle hoch, als ob sie verkettet sind. Vor gut drei Monaten hatte ich meinem Vater zum 75. Geburtstag diese kleine Reise geschenkt. Eine Reise in die Vergangenheit. „Ja, das würdest du mit mir machen?" Ich spürte sofort, dass ihm dieser Einfall gefiel. So etwas wäre ihm allein nur schwer möglich, er konnte nicht Auto fahren.

Die Namen der Orte sprudelten aus ihm heraus, Orte im Maifeld, an der Mosel, im Hunsrück. Als wäre es eine Neuigkeit, erzählte er, dass fast das ganze Wohnquartier hier um Zeche und Stahlwerk am Ende des 19. Jahrhunderts von Leuten aus dem Hunsrück besiedelt wurde. Nachgeborene Bauernsöhne oder arme Handwerker mit ihren Familien auf Arbeitssuche. Die Hunsrücker oder Hanickels, wie sie auch genannt wurden, kannten sich alle und feierten zusammen. Jaja, dachte ich, diese Geschichten habe ich als Kind schon gehört. Das ist mein Mutterboden.

Jetzt, im Juli, habe ich mich endlich ein paar Tage freimachen können, hatte die Reise durchgeplant und die Zimmer in Hotels oder Pensionen telefonisch bestellt. Die erste Station war ein Gasthof zu Polch im Maifeld, nahe den Flecken Ruitsch und Ochtendung, wo die Namensgeber herkamen. Die Burg Eltz! Von dort in der

Nähe war der Bruder eines Vorfahren mitsamt Familie nach Amerika aufgebrochen, nach Minnesota. Mit einem Nachfahren hatte ich Mailaustausch. Das alles hatte ich in einem Anflug von Ahnenforschung interessant gefunden. Musiker waren sie, schon damals! Trompeter in einer Koblenzer Garnison, generationenlang im 18. Jahrhundert. Daher der Vater mit der Geige, der Onkel im Chor, und ich selbst am Klavier.

Wie fremd das war, mit meinem alten Vater ein Gastzimmer zu teilen. Wie fremd die Gerüche, die doch im Kindesalter so vertraut waren. Das hatte ich bei der Planung nicht auf der Rechnung. Ich merkte an meiner eigenen Schweigsamkeit, dass ich mich an dieser Nähe rieb.

Der Vater freute sich, das alles mal zu sehen. „Guck mal, eine Autowerkstatt, mit unserem Namen!" „Da gibt es ein Dorf, Windhausen, ob da der Name herkommt?" Er hatte einen Autoatlas auf den Knien. „Kann sein, so heißen ja viele, nach dem Herkunftsort irgendeines Vorfahren", sagte ich.

Dann aber spürte ich, wie es ihn weiterzog, weiter an die Orte, die er leibhaftig mit seiner Jugend verband. So fuhren wir die Mosel aufwärts, wie damals der Vater, als er – war er vierzehn? sechzehn? – mit seinem Onkel eine jugendlich begeisterte Fahrradtour hinlegte, vom Ruhrgebiet bis Haserich bei Blankenrath. Von dort stammte sein Großvater Matthias. Dessen Vater, noch vom Maifeld, hatte die Liebe nach Haserich versetzt. Matthias wiederum war mit seiner Susanna und den ersten der am Ende zehn Kinder ins Ruhrgebiet aufgebrochen, auf der Suche nach besseren Zeiten. Diese Uroma Susanna, ja, die kannte ich noch aus fernem Kindeserleben als starke herbe Frau.

„Erinnerst du dich an sie? Sie wohnte in der Zechensiedlung, gleich im ersten Haus."

Wie fern war das Leben, an dem er vor rund sechzig Jahren in Haserich teilhatte! Bunte Bilder müssen sich meinem Vater eingeprägt haben, damals, als die Fäden in der Verwandtschaft noch gespannt waren. Neugierig waren die Hasericher, ob die Susanna mit ihrem Matthias zurechtkam, der alles immer so schwernahm. Bestimmt hatten sie dem gutaus*sehenden Jungen aus dem Ruhrpott schöne Augen gemacht, die unbekannten Cousinen zweiten Grades. „Von Haus zu Haus sind wir damals gezogen. Die haben sich gefreut. Überall gab es Kaffee und Kuchen."

Mein Vater war guten Mutes, zeigte mir dieses und jenes Gebäude. „Da in dem Kotten hat die Uroma ihre Kindheit verbracht. Und guck mal, da drüben lebte ihre Schwester – oder war es das Haus nebenan?"

Eine Adresse hatte er noch, hatte sie sich extra aufgeschrieben, von einer betagten Nichte Susannes, aber unser Besuch in dem Haus gab nichts mehr her, die Frau war vor Jahren gestorben. Verwandtschaft im Ruhrgebiet? Die neuen Bewohner schauten unsicher.

Wir fanden eine Telefonzelle und guckten ins Telefonbuch. Leute mit dem Mädchennamen der Uroma, die gab es noch. Wir klingelten an, zwei, drei Nummern, aber niemand konnte Erinnerungen teilen, ja schlimmer: niemand war wirklich interessiert.

Also setzten wir uns in Auto und fuhren weiter, immer den Wurzeln nach. Es waren nicht viele Kilometer bis Unzenberg. „Unsebersch", zum ersten Mal hörte ich von meinem Vater die hunsrücksche Aussprache. Heute ist es Ortsteil von Kirchberg, moselfränkisch

Kerbrich, dem ältesten Ort im Hunsrück mit Stadt-
recht. Hier kam die Familie von Vaters Mutter her,
auch sie am Ende des 19. Jahrhunderts von der neuen
Industrie weggelockt. Diese Oma kannte ich gut, sie
war erst vor wenigen Jahren verstorben, lange nach
ihrem Mann Heinrich, dem Sohn des Matthias. Dem
Heinrich setzte der Krieg so zu, dass er schwer krank
wurde und noch vor Kriegsende starb.

Hier war die Verwandtschaft noch warm. Das Haus am
Kauerbach, sozusagen Stammsitz der Familie, gab es
noch, die zugehörige Wassermühle war jedoch de-
montiert. Fremde Leute wohnten darin, war es eine
türkischstämmige Familie? Auch aus diesem Ort hatten wir eine Adresse, und anders als in Haserich war
sie noch lebendig. Die ältere Frau erinnerte sich gern
an die Besuche meiner Großtante, der jungen
Schwester meiner Oma – einer Frau, die gern mitten
im Spinnennetz saß und durch ihre freundliche Bered-
samkeit alles zusammenhielt. „Ja, eure Tante, die
mochte wohl was erzählen!" Unsere Gastgeberin
konnte meinen Vater sofort einordnen, und Überraschung: sogar mich! So schwungvoll habe ich meinen
Vater lange nicht reden hören. Die Frau, wohl eine
weit entfernte Verwandte, sah ihn schmunzelnd an:
„So wie du sahen sie alle aus, die Männer, die von der
Mühle stammten! Alle hatten so schöne schwarze
Haare." Da schwang sein Herz mit.

Sie wollte uns nötigen zu bleiben, aber ich hatte in
Simmern, der heimlichen Hauptstadt des Hunsrücks,
ein Zimmer gebucht, und so brachen wir nach einem
reichlichen Abendessen auf.

„Kennst du die Geschichten vom Schinderhannes?",
fragte ich meinen Vater, als wir nach Simmern hoch-
fuhren. „Ja, mal gehört. Aber viel weiß ich nicht. Einen

Film habe ich mal gesehen, mit Curd Jürgens." Die Legenden über diesen Räuberhauptmann waren nach mehr als 150 Jahren verblasst. Heute würde man ihn einen jugendlichen Intensivtäter nennen. Diese Robin-Hood-Attitüde – die Reichen beklauen, um es den Armen zu geben – hatte man ihm wohlwollend angedichtet. „Da im Turm hat er gesessen", sagte ich beim Vorbeifahren, „und da ist er ausgebrochen." „Soso", murmelte mein Vater und blickte woanders hin.

„Wir sind hier nur durchgefahren", erzählte er. „Wir sind dann nach Süden Richtung Nahe geradelt, zu einem Verwandten, einem Zahnarzt. Der soll sich später in Florida zur Ruhe gesetzt haben. Mehr weiß ich nicht darüber." Diese Strecke hatte es in sich. Am nächsten Morgen suchten wir sie und folgten ihr: Kilometer um Kilometer auf schlechter Straße, leicht abschüssig. Es hatte sich zugezogen. Leichter Sprühregen legte einen rutschigen Film auf den löchrigen Asphalt. „Jou, da sind wir damals ganz schön runtergebrettert. Und das mit diesen alten Kisten, die wir damals hatten! Ein Wunder, dass da nichts passiert ist." Ein bisschen wehte mich an, wie mein Vater gewesen ist, bevor er sieben Jahre lang durch diesen Krieg gemangelt wurde.

Wir folgten der Nahe bis Bingen und wandten uns dann nach Norden, immer am Rhein entlang. Wir übernachteten im schönen Ingelheim. Ein kurzer Ausflug führte uns zum ‚Windhäuser Hof', einer imposanten historischen Gutsanlage mit Weinbau. Mein Vater wollte zur Erinnerung ein paar Flaschen Wein kaufen, aber es war schon geschlossen.

Am nächsten Morgen fuhren wir linksrheinisch weiter. Er zeigte mir die touristischen Schlager am Weg: die berühmte Ruine von Bacharach, die Rheinpfalz, natürlich die Loreley, das malerische, touristisch aufgemöbelte St. Goar. Ich musste mich beherrschen, um nicht jedes Mal „Ich weiß" oder „Kenne ich" zu sagen. Überall machten wir kleine Pausen, tranken eine Tasse Kaffee oder aßen einen rheinischen Sauerbraten zu Mittag. „Fast so gut wie Mutti ihn macht", sagte er. Ich fand ihn hier vor Ort besser, sagte es aber nicht und kommentierte auch nicht, dass er in seinem und meinem Alter immer noch von „Mutti" sprach.

Die Wolken lockerten auf. Manchmal spiegelte sich eine klare Sonne auf dem gekräuselten Rheinwasser. In Boppard wollte er mit der Autofähre hinüber auf die andere Rheinseite. „Warum?", fragte ich, „Willst du Burg Stolzenfels von drüben sehen?" Das wäre nämlich die nächste populäre Attraktion. „Lass uns nach Braubach fahren." „Wieso nach Braubach?" Er antwortete nicht. Kurz danach, die Marksburg kam schon in Sicht, kündigte ein blaues Schild den nächsten Parkplatz an. „Bleib da mal stehen."

Ich merkte, wie sich etwas auf seine Stimme legte, wie alter, trockener Staub. Es war nur eine Spur, aber es dämpfte den Klang. Wie wenn er ein bisschen mehr nach innen sprach.

Wir blieben im Auto sitzen. „Ich weiß nicht, ob man es dir schon mal gesagt hat. Ich bin unehelich geboren." „Was bitte? Wer soll mir das gesagt haben?" „Ja, unsere Tante vielleicht. Die kann so was am besten." „Nein", sagte ich nur und wartete. Ich horchte in mich hinein, aber ich war nicht erschüttert. Einerseits hatte auch ich schon so manches erlebt und erfahren, und zum anderen: War mir nicht schon mehrmals aufgefallen, wie wenig ähnlich er seinen beiden jüngeren

Geschwistern war? Ich hatte es immer darauf geschoben, dass bei ihm „die Unzenberger Seite" stärker durchgekommen war. Solche Fragen gingen mir jetzt durch den Kopf, aber es schien mir unpassend, sie zu stellen. Mein Vater hatte mehrere Tage Anlauf gebraucht, um mir heute vom inneren Kern seines Lebens zu erzählen, und er hatte sich die Geschichte bestimmt hundertmal zurechtgelegt.

„Weißt du, deine Oma, also meine Mutter, muss in ihrer Jugend ein hübsches Mädchen gewesen sein." „Kann ich mir vorstellen", schmunzelte ich. Mein Vater fuhr fort: „Als sie 19 war, haben ihre Eltern sie in eine Ausbildung geschickt. Sie sollte Hauswirtschaft lernen." Pause, ich wartete. „Sie haben ihr eine Stelle in einem Hotel verschafft. Und das Hotel, das war hier in Braubach."

Ich begann zu ahnen, worauf das heute hinauslief. Es war leicht auszurechnen: Meine Oma war noch keine 21, als sie meinen Vater geboren hat. Merkwürdig, jetzt stieg doch Beklemmung in meinen Hals. Ich musste schlucken, wie um zu prüfen, ob da im Gaumen noch alles frei ist. Über Sexuelles redeten wir nie in unserer Familie.

Um über die Schwelle zu kommen, fragte ich direkt: „Sie hat sich verliebt, in dem Hotel?" „Ja", sagte mein Vater, „das hat sie. In einen jungen Koch." „Und das war dein leiblicher Vater", half ich ihm. Ich sah aus den Augenwinkeln, dass er nickte. Und dass seine Augen feucht waren. „Sie wurde schwanger. Und dieser Mann wollte sie wirklich heiraten. Er fuhr mit ihr ins Ruhrgebiet zu den Eltern der Oma. Die kennst du nicht mehr. Und die wollten diese Heirat nicht. Und warum nicht?" Die Frage klang gepresst, mit Druck, wie mit Wut. Ich schüttelte den Kopf: „Weiß nicht. War er ein

Hallodri?" „Nein", sagte mein Vater, „er hatte gute Absichten. Aber er war evangelisch. Und meine ganze Verwandtschaft war katholisch, bis heute. Das ging damals nicht, eine Mischehe. Sogar den Pastor haben sie wohl gefragt, der hat abgeraten."

Ich schnaubte resigniert. Wie im Flug geisterte mir meine kirchliche Vergangenheit durch den Kopf. Die Kirchenferne meiner Eltern. Auch meine Mutter muss früh etwas erlebt haben, was sie von der Religion wegtrieb. Abgesehen von dem äußerlich Traditionellen in einem katholischen Viertel, begann mich Kirche erst im Jugendalter anzuziehen, über interessante ältere Mitschüler. Später lebte ich oft sehr am Rande der Kirche, aber dann doch, gerade beruflich, kritisch gebunden. Aber die zähe, unehrliche Denkverweigerung in der Kirche machte mich zunehmend ärgerlich. Das hier, was ich von meinem Vater hörte, dass man eine mit Liebe gewollte Familie wegen konfessioneller Beschränktheit verhinderte, trieb mir die kalte Wut ins finstere Gesicht. „Unglaublich", knirschte ich.

Einen Moment lang schwiegen wir. „Und was geschah dann?", stieß ich das Gespräch wieder an. „Der Koch wurde nach Hause geschickt. Meine Mutter musste in ein kirchliches Heim, zu Nonnen in einer anderen Stadt, um ihr Kind zu bekommen. Und als sie mit dem Baby wieder nach Hause kam, da hatten sie alles ausgekungelt: Du heiratest den Heinrich ..." „Deinen sozialen Vater", unterbrach ich. „Ja, so nennt man das wohl. Er adoptierte mich. Und dann hatten sie noch drei Kinder. Einer ist im Krieg gefallen, das weißt du sicher." Ich nickte. War er zu Ende mit der Geschichte? Mein Vater schwieg.

„Hast du ihn jemals kennengelernt?" „Meinen leiblichen Vater?" „Ja, den." „Ich bin zu ihm gefahren, kurz nach dem Krieg. Mein sozialer Vater war im Krieg gestorben, du hast diesen Opa ja nie kennengelernt." „Ich weiß." „Und da meinte unsere Tante, sie müsste mir die ganze Wahrheit erzählen. Sie meinte, ich wäre jetzt erwachsen genug, und ich hätte ja auch so viel mitgemacht im Krieg." „Du hast das nicht gewusst bis dahin?" „Nein, da sprach man nicht drüber in der Familie. Es gab Andeutungen von Bekannten, aber ich wollte das nicht hören. Und dann war der Krieg. Da hatte man anderes zu reden. Wie man den Krieg übersteht, und ob wir alle heil zurückkommen." „Und wie war das, diese Begegnung mit deinem ... Vater?" Ich bekam das Wort „leiblich" nicht mehr über die Lippen.

Mein Vater atmete tief durch. „Da war nicht viel", sagte er. „Als ich vor ihm stand und sagte: ‚Ich bin dein Sohn', da nickte er nur. Ich glaube, er war ziemlich verlegen. Er erkundigte sich nach meiner Mutter, meiner Familie. Fragte, wie es mir im Krieg erging. Er selbst wurde wohl wegen irgendeiner Krankheit nicht eingezogen." „Ihr hattet euch nicht viel zu sagen", meinte ich. „Ja", sagte mein Vater und blickte aus dem Seitenfenster, zur kahlen Felswand, die den Parkplatz begrenzte. „Er hat mir noch ein gutes Essen gebracht, er war ja Koch in dem Hotel, und dann bin ich schon bald wieder los. Es fuhren so wenig Züge damals, und ich wollte noch abends zurück. Du warst ja schon geboren." „Und er hat nicht gefragt, ob du noch ein paar Tage bleiben willst? Das war doch ein Hotel!" „Nein, hat er nicht." „Und ihr habt euch nicht verabredet, euch nochmal zu treffen?" „Das weiß ich nicht mehr. Vielleicht. Auf jeden Fall ist daraus nichts geworden." „Weißt du, ob er noch lebt?" „Kann er eigentlich nicht. Er wäre ja schon fast hundert." „Oder hast du eine Todesanzeige bekommen oder so was?"

„Nein. Ich weiß gar nicht, ob seine spätere Familie etwas von mir wusste."

Als wäre alles gesagt, ließ ich den Motor wieder an. Langsam rollten wir in den Ort hinein. „Da ist das Hotel", sagte er, als die Straße vom Rheinufer weg einen leichten Bogen machte. Wir hielten an, aber er wollte nicht hinein. „Er kann da ja nicht mehr sein." Natürlich nicht, dachte ich. Und einen Koch finden, der diesen Großvater noch als Lehrling kannte? Wozu?

„Lass uns zum Friedhof fahren", sagte er auf einmal. Es stellte sich heraus, dass es zwei große Friedhöfe gab, einen kommunalen und einen katholischen. Wir wählten den kommunalen. „Wie hieß er denn?", fragte ich. Er nannte mir den Namen. Weil das Büro, in dem man nach einem Lageplan fragen konnte, schon geschlossen war, machten wir uns auf die Suche und gingen die Reihen mit den Gräbern ab. Er machte es sehr systematisch, so kannte ich ihn, und ich beschränkte mich darauf, entlegene Ecken zu inspizieren und neu erschlossene Bereiche zu finden.

Wir trafen uns am Eingang. „Bist du sicher, dass wir überall geguckt haben?", fragte er. Ich nickte: „Ich habe mir Zeit gelassen und genau aufgepasst." „Ich habe den Namen nicht gesehen", sagte er, und es klang Enttäuschung mit. „Auch nicht den Familiennamen mit anderen Vornamen oder so." „Ich auch nicht." „Dann lass uns zum anderen Friedhof fahren."

Ich wusste: Wenn er schon mal suchte, dann gründlich und bis zum Ende. Ich hätte es genauso gemacht. Also fuhren wir zum kirchlichen Friedhof. Er war etwas kleiner, aber die Suche mindestens genauso mühsam, denn er zog sich unterhalb des Waldes einen Hang hoch. Ich blickte ab und zu über den Rhein auf das

Gegenufer: Da verwischten sich schon die Konturen der Häuser. Die Dämmerung kroch heran. Und wieder trafen wir uns an der Pforte. Wie viele Stunden hatten wir gesucht? Man sah meinem Vater die körperliche Anstrengung an. Sein Blick war leer. „Nichts", sagte er nur. „Er wird nach der Rente weggezogen sein", meinte ich. Wollte ich ihn trösten? „Er wird da begraben sein, wo seine Kinder wohnen." „Ja, da wirst du Recht haben", sagte er leise.

Da war ich still. Ich hatte in diesem Moment, in diesem Augenblicksraum seines Lebens nichts zu suchen. Jetzt gab es keine Brücke mehr zu seinem Vater, keinen Faden, an dem entlang es noch einen Weg zu ihm geben mochte. Keinen Ort des Erinnerns, außer in ihm selbst, bei seiner verborgenen Sehnsucht. Ein endgültiger Abschied.

Mein Verlust war weit geringer, aber ich hing ihm nach. Keine Blutsverwandtschaft mehr mit den verflossenen Namensträgern, die mir aus alten Archiven überliefert wurden: mit den Trompetern und Soldaten aus dem 18. Jahrhundert, den armen Tagelöhnern vom Maifeld und Hunsrück und späteren Arbeitern bei Kohle und Stahl. So ist das Leben, versuchte ich zu denken. Aber mein Herz war bedrückt. Ich hatte ein Stückchen Heimat verloren.

Wir fuhren an dem Abend zurück ins Ruhrgebiet. Ich weiß nicht, ob er meiner Mutter viel erzählt hat. Ich jedenfalls schwieg darüber. Es war eine Sache zwischen mir, meinem Vater und dem fernen, unbekannten Großvater.

Ich komme diese Nacht nicht nach Hause

Doña Isabel Restrepo de Torres legt den Hörer auf.

Sie muss sich setzen. Nein, nicht in den Sessel will sie zurücksinken, aus dem sie aufgestanden war, als das Telefon klingelte und Camilo, ihr Sohn, sich aus der Hörmuschel meldete. Sie tut die drei Schritte zum Küchenstuhl, lässt sich nieder, gemessen und beherrscht, aber mit Herzklopfen, stützt beide Ellbogen auf den Holztisch und nimmt den Kopf zwischen ihre Hände.

Ihr Blick fällt auf den Abreißkalender neben dem alten Wandschrank. Montag, 18. Oktober 1965. *Als ob ich es mir merken müsste …*

Dieser Tisch, diese feste, schwere Platte aus Bagassaholz mit ihren Kerben, Kaffeeflecken und Brandspuren vom Funkenflug aus Camilos Pfeife, war das Fundament des unverbrüchlichen Vertrauens, ja der Liebe zwischen ihr als Mutter und ihrem faszinierenden Sohn. Alles, was er dachte, was sich in ihm entwickelte, hier wurde es formuliert, getestet, befeuert, seziert. Da, dieser Kaffeefleck, der aussieht wie ein verrückter Seestern, verewigt die ausholende Armbewegung, als Camilo wie zur Predigt die Punkte seiner *plataforma* erklärte. *Wie habe ich seine Worte aufgesogen, mich in seine Ideen eingeschwungen, gefragt, gezweifelt, bejaht. Wie stolz war ich!*

Kurz schwebten Bilder aus ihrer Erinnerung vor ihre Augen. Wie sie nach dem Tod ihres Mannes die große Villa im Zentrum von Bogotá ihrer äl-

testen Tochter und ihrer bezaubernden Enkel-
schar überließ, Fernando, der andere Sohn, lebte
in den USA, und wie sie für Camilo und für sich
diese Wohnung kaufte, bescheiden, aber groß genug für die mitreißenden konspirativen Treffen
der Elite der kolumbianischen politischen Jugend,
mit ihren weit ausgreifenden Entwürfen, den heißen Appelle an das Volk, das verstreut in den
Bergen lebte und die Villen und auch die gekauften Wohnungen der Hauptstadt nicht kannte. *Und
wie sie alle auf ihn hörten, auf Camilo, den revo-
lutionären Priester, auf den Verkünder der Liebe
zum Volk als der Essenz des Evangeliums – niemand wie er konnte das so ins Wort bringen, was
in meinem Herzen verborgen war, ohne dass ich
es ahnte ...* Und dieser Tisch hatte sie begleitet
aus ihrem alten Leben in die neue verschworene
Gemeinschaft, wie auch ein paar wenige andere
erinnerungsbeladene Möbel.

Ein kurzes, aber schwergewichtiges Telefonat
war das vorhin, erst wenige Minuten alt. Ein Satz
wie eine Unwetterwand: „Mutter, ich komme
diese Nacht nicht nach Hause.“

Camilo Torres, wie man ihn allenthalben nannte,
war immer nach Hause gekommen. Vom Studium
in Löwen und Minneapolis, von jener revolutionä-
ren, geistig und politisch alles überstrahlenden
Woche in Lima, als schon am Flughafen die Wogen der Begeisterung über ihm zusammenschlu-
gen, von den Sitzungen und Kämpfen in der Einheitsfront, aus stürmischen Erfolgen, aus gna-
denloser Einsamkeit, zum Beispiel als ihn nach
und nach alle Kameraden aus der Redaktion der
frente unido verließen („Wollt auch ihr gehen?“,

hatte er gesagt, der so gern die dunklen Sätze des Jesus Christus zitierte), und aus den verzweifelten Debatten mit den kirchlichen Vorgesetzten, die ihn ja ach so gut verstanden, denen aber die Unerbittlichkeit seines Priesterdaseins, seines Christseins überhaupt, unendlich fern war wie die Gestalt des Gekreuzigten oben auf dem Hügel, den man Golgatha nannte ... Bis sie ihn hinauswarfen, laisierten, angeblich auf seinen eigenen Wunsch hin. *Pah, der Küchentisch weiß es besser. Ich weiß es besser, ich war immer sein Zuhause.*

Was bedeutet dieser Satz? *Warum wirkt er so bedrohlich auf mich?*

Tief im Innern ahnt sie es, aber sie muss es besprechen, beschwören, abwägen, mit einem Freund teilen. *Ich muss German Guzman anrufen, den zuverlässigen Gefährten, der Camilo kennt wie kein zweiter, fast so wie ich, die Mutter, und doch anders, rationaler, männlicher.*

„German, wo ist er? Was macht er? Weißt du etwas?" „Ich weiß es nicht, Doña Isabel. Dieses Mal weiß ich wirklich nicht, was mit ihm ist." „Du weißt es nicht, aber du ahnst es, German. Mach mir nichts vor."

Der Priesterfreund am anderen Ende der Leitung schluckt, vernehmbar, er kann es nicht verbergen. „Warum sagst du nichts, German? Ist er zu den Kommunisten gefahren? Ich weiß doch, dass sie als einzige noch zu ihm halten. Jedenfalls von den Organisierten. Und das Volk natürlich! Das Volk!"

„Hat er Ihnen erzählt, dass er einen Brief von Ramon Lopez erhalten hat?" Vom Sekretär des Zentralkomitees der Kommunisten?" „Hat er nicht", Doña Isabel schüttelt den Kopf. „Vor ein paar Tagen war das", fährt Guzman fort. „Wenn er es sogar Ihnen nicht erzählt hat ..., wie muss ihn das erschüttert haben. Er wolle dem Volk vom Schreibtisch aus seine Kampfformen vorschreiben, hieß es. Er, Camilo Torres, müsse aus der Praxis des Kampfes der Massen seine Lehren ziehen, nicht umgekehrt. Der Partisanenkampf müsse das gesetzmäßige Ergebnis des subjektiven Bewusstseins der Massen sein. An diese wissenschaftliche Erkenntnis werde sich die Partei halten, hat Lopez geschrieben." „Was wollen die ihm erzählen?", fährt Camilos Mutter dazwischen, „Camilo ist der beste Soziologe Kolumbiens!" „Das hat ihn aufgebracht", erwidert Guzman, „und enttäuscht. Ich glaube, da wurde ihm klar, dass er immer noch der Held des Volkes ist, aber die politisch Organisierten ihm nicht mehr folgen." „Aber ohne ihn als Leitfigur sind sie doch schwach! Sie werden zersplittern! Die Oligarchie wird sie teilen und besiegen!" Guzman atmet schwer: „Ich fürchte, so ist es."

„Also nochmal, German. Wo ist er? Wenn du es nicht weißt: Was glaubst du? Bitte keine falschen Rücksichten. Wir kennen uns!"

Pause. Tiefes Atmen. „Ich halte es für möglich", sagt Guzman, „dass er in die Berge gegangen ist. Zu einer der bewaffneten Gruppen." „Warum glaubst du das?" „Ich weiß nicht. Bei unserem letzten Treffen wirkte er so – so verzweifelt auf mich. Als ob ihn innerlich etwas zerreißt. Ich fand keinen inneren Draht zu ihm, das war noch nie so. Es kam mir vor, als suche er nach einem Ausweg. Nach irgendetwas, das ihm Frieden bringt."

Sie schweigen beide. Isabel spürt, dass nichts mehr zu sagen ist. „Danke, German." „Alles Gute, Doña Isabel."

Nach dem Gespräch sitzt sie noch lange auf ihrem Küchenstuhl. Sie starrt auf die Tischplatte, die vergeblich auf neue Kerben und Flecken wartet. *Camilo hat sich abgewendet. Oder nein, er ist einem neuen Pfad gefolgt, einem Pfad, der mir fremd ist. Was für einen weiten Weg habe ich zurückgelegt, aus der Geborgenheit eines gesicherten Lebens. Wie mit Mauern haben wir uns in der Oberschicht vor dem Volk geschützt! Und dann bin ich mit ihm gegangen, hinein in die rebellische Geisteswelt der Universität und die umstürzlerische neue Theologie, sogar bis in gewagte Agitationen auf den Straßen. Zeitungen habe ich verteilt mit Artikeln über eine wohlverstandene Revolution, ich, Tochter einer adligen Familie, die einen Sohn geboren hat, der unsere Gesellschaft verändern wird, so dass alle in Gerechtigkeit leben. Der verstanden hat, was Nächstenliebe in letzter Konsequenz bedeutet, bedeuten muss ...*

Präsident hätte er werden können! Jetzt, mit 35 Jahren, war er gleichzeitig jung und gereift dafür! Die Finanzierung des Wahlkampfs hatte man ihm angeboten. Der erste Präsident, der wirklich für das Volk arbeitet und nicht für die Minderheit der Reichen und Mächtigen. Er wolle das nicht, sagte er. Die Revolution müsse vom Volk ausgehen, nicht von oben. Ach, Camilo, du hättest es so gut machen können. Und ich wäre an deiner Seite ge-standen …

Camilo Torres weiß, wie er quer durchs Land fahren und dann laufen muss. Fabio Vasquez hat es ihm über seine Boten beschrieben. Er kann es kaum erwarten, diesen jungen und doch so klar denkenden und mitfühlenden Revolutionär kennenzulernen. Im Briefaustausch war er mit ihm, seit ein paar Monaten, heimlich, verborgen sogar vor seinen politischen Freunden. Er fährt mit dem Bus in den Nordosten des Landes, ins Departemento Santander, nahe der Grenze zu Venezuela. Von Simacota aus steigt er mit seinem Rucksack hinauf in die bewaldeten Berge, einem bestimmten Fluss folgend, bis zu einem Bauernhof oberhalb eines kleinen Wasserfalls. Der *campesino* dort weiß Bescheid und schickt ihn zum Treffpunkt, wo ihn ein Mitglied der ELN, der Nationalen Befreiungsarmee, erwarten wird. Der soll ihn dann ins Lager führen. Dort wird er Fabio und seine Brüder sehen.

Auf dem Anstieg hat er mit einigen unwegsamen Partien des Regenwaldes zu kämpfen. Rasch lernt er den Umgang mit der Machete. Bäche sind zu furten und Geröllfelder zu überklettern, aber zwischendurch, wenn er ausgetretene Pfade findet oder einen Moment auf einem Stein am Fluss ausruht, ziehen ihm Bilder der letzten Tage, Wochen und Monate durch den Kopf.

Der Blick von der Holzbühne herab auf die Hundertschaften von Studenten, vielleicht waren es mehr als tausend. Gerade hat er die Kernthesen seiner *plataforma* vorgetragen, zum wiederholten Male: Landbesitz für die, die es bewirtschaften, Häuser denen, die darin wohnen, Begünstigung der Genossenschaften, progressive Steuern und Einzug unproduktiven Reichtums, Verstaatlichung der Daseinsfürsorge. „Camilo, Camilo!" skandieren sie.

Das Volk kennt mich! Ich sehe Arbeiter auf mich zukommen, in welchen Ort ich auch komme, sie sprechen mich als Priester an: „Padre, endlich einer von der Kirche, der uns ernst nimmt, der sich für uns einsetzt, der uns nicht den Kopf mit frommen Sprüchen vollquatscht!"

Die Anrufe seiner besten Freunde. Er solle sich als Präsidentschaftskandidat aufstellen lassen. Einer sagt Geld zu, eine große Summe. Er muss an Jesus denken, wie der Teufel ihn mit Macht und Reichtum verführen will. Verdammt schwer war es, das abzulehnen und sie zu enttäuschen. Aber sie verstehen nicht, was Liebe zum Volk bedeutet!

Dann, auf der anderen Seite, diese Briefe. Er weiß noch genau, wie er sie öffnet und kopfschüttelnd liest. Der Abfall der Christdemokraten, das Aufkündigen der Einheitsfront durch die Marxisten-Leninisten, die Distanzierung wichtiger Revolutionskader. *Ich lernte, was Einsamkeit ist. Aber ich musste doch auf dem einzigen Weg beharren, den die Liebe beschreiten kann: dem Weg der begeisterten Revolution!*

Und den Kardinal sieht er vor sich sitzen. *Wie geschickt er meine Treue zur Kirche ausgenutzt hat. Angelächelt hat er mich, ganz ruhig gesprochen, wie ein Hirte, der sich ganz auf ein Tier seiner Herde konzentriert. So liebevoll, dass ich am Ende selbst meine Laisierung anbot, um ihn! zu entlasten. Unfassbar! Dabei lebt doch mein Kampf für die Revolution aus meinem Priestertum. All das folgt aus meinen Predigten über die Heilige Schrift!*

Wie war ich ausgespannt zwischen der Begeisterung des Volkes und der Vereinsamung in der Kirche und der politischen Bewegung! Wie ausgespreizt fühlten sich meine Arme und Beine an, wie zerriss es mich!

Camilo steht auf von seinem Stein am Fluss. Es wird Zeit, es ist noch viel zu gehen. Auf dem nächsten Hügel: eine Lichtung mit Blick ins Tal. Raubvögel sieht er kreisen, hier und da den Fluss in der Sonne blinken. *So war das vor ein paar Tagen. Ich war auf einen der Berge rund um Bogotá gestiegen, bis zu der Lichtung auf halber Höhe, die ich von früher kannte.*

Camilo erinnert sich, wie er auf die ausgedehnt hingestreckte Stadt schaute. Wie sich dann Ruhe in sein Herz senkte, Zuversicht, und dann Klarheit in sein Gemüt. *Es ist weder das eine noch das andere. Ich muss umkehren. Nicht Erfolg ist das Gebot, schon gar nicht Verzweiflung und Rückzug ins Rechthaben. Wer liebt, will nicht führen, sondern teilen: das Brot, das Leben, das Reich Gottes. So hat Jesus Christus es mir vorgemacht. Gefordert ist die klare revolutionäre Tat, um ihrer selbst willen, in einer Gemeinschaft. Nur sie ist eindeutig, nur sie unverfälscht von Liebe geprägt.*

In diesem Moment hatte er sich für den Weg in die Berge entschieden.

Vier Monate später stirbt Camilo Torres bei einem Schusswechsel mit Angehörigen der kolumbianischen Armee.

Wohin, wenn niemand sonst befreit die Welt?
Wenn Schultern zucken, falsche Tränen fließen?
Wohin, wenn heiße Pflicht zum Kreuzweg ruft?

IV
Augenblicke der Entscheidung

Zugteilung

Der ICE aus Berlin lief pünktlich ein. Robin wartete, bis sich vor ihm eine ältere wohlbeleibte Dame mit knallrotem Hut durch die Tür gezwängt hatte, und setzte seinen Fuß zögerlich auf die hellen Steinplatten. Er schaltete seinen I-Pod ab. Seit Wolfsburg hatte er seine Lieblingslieder gehört, am Schluss dieses betörende „One Moment in Time" von Whitney Houston mit der unvergleichlichen Stimme.

Robin wechselte den Bahnsteig. Schon oft war er hier in Hannover umgestiegen. Jedes Mal hatte er bewundernd auf die gelungene moderne Gestaltung des Hauptbahnhofs geschaut. Alles war hell, voller Licht, sauber, die Geschäfte und Restaurants einladend. Jedes Mal erfreute ihn das – aber heute hatte er keinen Blick dafür.

Etwas Schweres drückte auf seine Seele. Carola hatte ihm noch einmal auf WhatsApp eine Nachricht geschickt. Sie ploppte auf, als der Zug in Hannover einlief. „Komm, Robin. Komm heute. Ich bin ganz für dich bereit." Und ein Kuss-Smiley. Typisch Carola. Ihm fiel der Abend ein, an dem er sie kennenlernte. Eine Podiumsdiskussion, er saß im Publikum, aber es war eine kleine Runde. Wie kann man Operationen im Krankenhaus so vereinfachen, dass sie, bei gleicher Sicherheit, kostengünstiger werden? Carola saß auf dem Podium als Expertin für das Gesundheitswesen in ärmeren Ländern – Südamerika, Afrika. Sie sagte nicht viel, redete in einfachen Worten, aber ungemein treffend und genau dann, wenn ihre Argumente gebraucht wurden. Robin hatte eine Frage gestellt, und sie musterte ihn lange. Später stießen sie im Hotel aufeinander. Allein mit ihrem Blick zog sie ihn an die Hotelbar. Ihre Augen öffneten sich wie Flügeltüre auf eine sonnige Gartenterrasse. Robin riss sich los von diesen Bildern.

Manuela hatte ihm heute keine Nachricht geschickt. Sie rechnete einfach mit ihm, dachte wohl an gar nichts anderes. Wie immer, wenn er von der Arbeitsgruppe im Ministerium zurückkam. Gestern Abend hatten sie, wie üblich, telefoniert. Sie hatte ihm vom Treffen mit ihren drei Freundinnen erzählt, entspannt, hier und da kichernd: „Du kennst ja Conny, ihre Geschichten werden wir in zehn Jahren noch hören! Aber sie meint es so gut." Für Manuela war alles völlig klar: Sie liebten sich seit Jahren, sie fühlte sich mit ihren langen schwarzen Haaren hübsch und begehrt. Ihr Vater hatte ihm die Stelle in dieser Bremer Klinik verschafft, ihn über seine politischen Verbindungen in die Fach-AG in Berlin entsandt, die eine Revision der OP-Standards vorbereitete – das war eine Auszeichnung für ihn, ein Sprungbrett für die Karriere! Und bald würden sie heiraten, Manuelas Herz jubelte schon heute, wenn sie sich die vielen schönen Details ausmalte. „Kati meint übrigens, wir sollten das mit der Kutsche lassen. Das ist schon wieder out, sagt sie. Ich weiß nicht, ich finde das so romantisch. Was meinst du?" Furchtbar lebhaft hatte Robin wohl nicht geantwortet. Wie immer, wenn er aus der Ferne mit ihr sprach, verblasste ihm so ein Problem. Es hatte nur Farbe und Kontur, wenn er ihr Gesicht und ihren Blick vor sich hatte.

Robins Schritte wurden langsamer. Schwerfällig stapfte er die Treppe zum Bahnsteig hoch. Als er oben war, fiel sein Blick sofort auf die Kupplung des ICE aus

München, der soeben eingetroffen war. Das war genau die Mitte des Zuges. Hier wurde er geteilt. Links der vordere Zugteil, der fuhr nach Hamburg. Und rechts der hintere, sein Ziel war Bremen. Auf der Leuchttafel waren beide Abfahrten angezeigt. Hamburg fährt wie immer zuerst, denn die Halbzüge behalten ihre Richtung bei und verlassen den Bahnhof hintereinander mit wenigen Minuten Abstand.

Noch waren sie nicht entkuppelt.

Hamburg und Carola, das war eins. Sie arbeitete als Tropenärztin für das Robert-Koch-Institut. Jener erste Abend auf dem Ärztekongress, den sie an der Hotelbar und dann in ihrem Zimmer verbrachten, hatte sich in sein Gedächtnis eingebrannt. Sie hatte ihm von ihrem wilden engagierten Leben erzählt. „Compañera Carola" nannte man sie in Mexiko, wo sie sich im Süden für eine Indio-Gemeinschaft aufgeopfert hatte, weil die weißen Ärzte alle etwas Besseres, sprich: Lukrativeres zu tun hatten. Eine Gelbsucht zwang sie zurück nach Deutschland. Er konnte spüren, wie sie dieser Krankheit nur widerwillig nachgegeben hatte.

Zwischendurch hatte Manuela angerufen. Zum ersten Mal in ihrer Beziehung belog er sie. Carola ging völlig darüber hinweg, wollte nichts wissen, war ganz auf ihn, auf ihre Begegnung konzentriert. Faszinierend.

Selten konnten sie sich treffen, in den Monaten danach, aber jedes Mal war es wahnsinnig intensiv.

Nun war sie schon seit vielen Wochen von der Gelbsucht kuriert, und ein neuer Auftrag rief sie nach Afrika, nach Tansania. Ein ganzes Krankenhaus wartete dort auf die große, blonde, zupackende deutsche Ärztin, die einen Sturm von Gefühlen in sich entfachen konnte, wenn sie ein krankes, hilfloses Kind sah, oder wenn sie sich entschlossen hatte, einen Mann zu lieben. Ihn, Robin. „Komm mit mir nach Afrika", hatte sie gesagt. „Wir werden verschmelzen", hatte sie gesagt. Verschmelzen in der Liebe und in der Arbeit für die Menschen dort.

Übermorgen ging ihr Flug, von Hamburg aus. Sie hatte einfach für ihn mitgebucht.

Mit einem Klack! sprang die Kupplung auseinander. Man hatte den Magneten abgeschaltet. Der Teilzug nach Hamburg war bereit, zehn Minuten vor der planmäßigen Abfahrtszeit. Zehn Minuten noch.

Sein Fahrschein galt für Bremen. Aber wenn er sich in den Hamburg-Teil setzte, war das sicher kein Problem. Er hätte sich eben vertan, bitte umschreiben, er würde dann ab Hamburg den RE nehmen. Vielleicht bräuchte er nicht einmal zuzahlen.

Mein Gott, was geht mir für ein Unsinn durch den Kopf, dachte er. *Es geht um mein Leben, und ich denke an Fahrscheine. Warum habe ich das nicht schon längst entschieden! Wie ein Magnet zieht mich diese starke Frau in den Bann und macht mir gleichzeitig Angst, ich könnte erdrückt werden. Und wie durch bunte Bänder bin ich an das herzliche Mädchen in Bremen gefesselt und fühle mich doch jetzt schon irgendwie müde, wenn ich mir die Zukunft mit ihr ausmale.*

Noch sechs Minuten. Wie Filmszenen huschten phantasierte Bilder seines künftigen Lebens mit Manuela durch Robins Kopf. Ein Haus in bester Wohnlage, draußen an der Wümme. Drei, vier muntere Kinder, mit schwarzen Krausköpfen, alle würden ein Instrument lernen und zu Hause musizieren. Er selbst als angesehener Chefarzt. Theater, auch Shakespeare,

Kammerphilharmonie, Einladungen, eine Schönheit an seiner Seite. Immerfort herzliche Stimmung, solange alles in angenehmer, fröhlicher Ordnung blieb. Noch drei Minuten. Carolas Gestalt drängte die Familienidylle beiseite. Dort, in ihrer Welt, in Afrika oder wo immer, Entbehrungen, Dreck, Gefahren, todkranke farbige Menschen, viele hungernde Kinder, und dann die aufquellende Sehnsucht nach tiefen gemeinsamen Erlebnissen. Vielleicht Angst, sogar Katastrophen, jedoch eine Lebensfülle ohnegleichen ...

Jetzt war es an der Zeit. One moment in time. Er atmete schwer. *Könnte ich doch die Augen schließen und in Whitneys Stimme versinken!* Jetzt muss ich mich entscheiden, sagte ihm sein jagender Herzschlag. Gleich wird die Tür sich schließen, die Tür im letzten Wagen des Teilzugs nach Hamburg.

Abhauen oder Standhalten

Ein großer Platz, der Uhlandplatz, mitten im Arbeiterviertel einer Großstadt, quadratisch, ausgespart aus
den gewinkelten Straßenketten von Häusern aus dem
Kaiserreich. In einem solchen Mietshaus wurde ich geboren. So ein Platz, so leer er ist, vereint die Menschen. Was für ein Glück, dass ein alter, angeblich
versoffener Bauer diesen Platz der Stadt vermachte,
mit der Auflage, ihn nicht zu bebauen. Ich weiß nicht,
wie es heute ist, aber in meiner Kindheit war er für
uns das Lebenszentrum.

Ich war zu Besuch bei meinem alten Vater und hatte
meinen damals vierjährigen Enkel dabei. Ich sehe ihn
stundenlang mit seinem kleinen grünen Rad über diesen Platz düsen, immer im Kreis, als fühlte er sich beschützt und sicher inmitten der freundlichen Häuser
ringsum. Ich saß auf einer Bank und schaute mir dieses glückliche Bild an, und hinter diesem Bild stieg
eine Erinnerung aus meinen Kindertagen hoch, eine
Erinnerung an einen besonderen Moment: zwiespältig, angstbesetzt, und gerade darum so befreiend.

Wir hatten diese Holzroller. Man kam wegen der kleinen Räder nicht richtig voran, und die Lenkung war so
abrupt, dass man beim Versuch, kunstvolle Schwenks
einzulegen, öfter mal kräftig auf die Nase fiel.

Eines Tages brachte ein Pkw einen Anhänger, stellte
ihn an den Rand unseres Platzes, und von der Lade-
fläche wurden Roller abgeladen: ansehnliche, bunte
Metallkonstruktionen mit großen, luftgefüllten Gum-
mireifen. Solche Roller hatten wenige von uns mal im
Schaufenster eines Fahrradgeschäfts gesehen, aber
kaum einer war schon darauf gefahren, geschweige

denn, dass auch nur einer von uns so etwas sein Eigen nennen konnte.

Und nun hieß es: Diese Roller werden verliehen. Für wenig Geld – zwei Groschen? Ich weiß es nicht mehr – konnte man eine bestimmte Zeit damit fahren. Sagen wir: eine halbe Stunde.

Alle Kinder wollten sich anmelden. Die Namen wurden notiert und der Reihe nach aufgerufen. Man bezahlte seinen Obolus und konnte dann seine Runden drehen – so schnell, wie es die Holzroller niemals hergegeben hätten.

Ich wartete, dass endlich mein Name aufgerufen wurde. Viele Kinder kamen dran, auch welche, die – verflixt nochmal – sich doch erst nach mir gemeldet hatten!? Dazwischen kam mehrmals der Name „Winterling"; ein Kind, das gar nicht da war. Vielleicht war es nach Hause gerufen worden?

Auf der Liste wurden immer mehr Namen ausgestrichen, die Roller drehten sich auf dem Platz, und mir stiegen die Tränen in die Augen. Wieso haben die ausgerechnet mich vergessen? Weggehen, wütend weggehen, das war mein erster Impuls. Und dann stundenlang grummeln, meine Eltern nerven, im Bett die Niederlage ausbrüten.

Das ist so ein Moment, wo man sich eine Erinnerung schafft, die das Ich ein Leben lang nähren kann. Ich fasste mir jedenfalls ein Herz und fragte nach: Ich hätte mich doch früh gemeldet, und ich müsste doch eigentlich schon längst dran sein, und wieso habt ihr mich nicht aufgerufen …

Und dann kam des Rätsels Lösung. Offensichtlich hatte ich meinen Namen zu sehr genuschelt (wie so

oft, eigentlich bis heute, wo ich am Telefon abwech-
selnd als „Herr Winter", „Herr Windmöller", „Herr Win-
tersen" oder so ähnlich verstanden werde), und so
war „Winterling" daraus geworden, und den hatten sie
schon x-mal aufgerufen, aber ich fühlte mich nicht angesprochen, aber jetzt, in diesem Augenblick, jetzt
war das vorbei, die Tränen trockneten sofort, und ich
düste mit dem Ballonreifen-Roller über den Uhlandplatz, glücklich über den tollen Speed, und immer im
Kreis, als fühlte ich mich beschützt und sicher inmitten der freundlichen Häuser ringsum. Und endlich
beim richtigen Namen genannt, und ein bisschen
stolz, dass ich nicht einfach enttäuscht abgehauen
bin.

Ein Besuch in der Nacht

Mitten auf dem Platz, auf halbem Wege zwischen Kirche und Schreinerei, hält Salomon Silez inne. Er wendet sich um und genießt den Anblick. Was für eine schöne Kirche, denkt er. Die strahlend weißen Eckpfähle und Querbalken, die hellblauen Planken – Porfirio hat einfach einen Blick für Farben. Gut, dass ich ihn dem Pfarrer vorgeschlagen habe, als man einen Maler suchte. Ja, er säuft, aber er ist ein Genie. Dieses große Bild über dem Altar! Jesus begegnet dem zweifelnden Thomas und schaut ihm geradewegs in die Augen, ein Lächeln umspielt seinen Mund. Ein gewinnendes Lächeln!, muss man unwillkürlich denken. Thomas, zweifle nicht, sagt dieses Lächeln, sagt der Blick, der auch den Betrachter umfängt. Ich bin es! Ja, ich bin am Kreuz gestorben, aber jetzt bin ich bei euch mit all meiner Kraft. Vertrau mir! Thomas, du kannst das! Komm, schenke auch mir, schenke uns deine Kraft! Porfirio hat diesen Moment unglaublich gut getroffen. Voll magischer Macht ist dieses Bild, ist dieser Blick.

Salomon dreht sich um und geht weiter auf die Werkstatt zu. Er sieht noch einmal das Bild vor sich und muss schmunzeln. Bei der Gruppe der Jünger, im Hintergrund hinter Jesus, hat Porfirio lauter Gesichter aus dem Städtchen untergebracht. Der alte Roque ist dabei, der soll wohl den Petrus darstellen, Emilio, Miguel, den er gleich in der Schreinerei treffen wird: lauter Freunde, die in der Pfarrei aktiv sind. Und er selbst! Ich glaube, denkt er, ich soll der Jakobus sein, der Verwandte von Jesus. Warum nicht! Am schönsten ist die Maria Magdalena. Porfirio streitet es ab, aber nur halbherzig: Salomon findet in den Augen der gemalten Figur seine eigene geliebte Frau wieder, die auch María heißt, mit der er jetzt schon fünf Kinder hat. Und Jesus selbst, der trägt unverkennbar die Züge von Padre Enrique, dem Pfarrer.

Salomon erinnert sich an die Szene im Büro des Pfarrers. Wenige Monate ist sie her. *Genau so hat er mich auch angeschaut, als ich völlig am Boden war!* Die Sandinisten hatten die Wahl verloren. Die Nachfolger, diese Clique von Reichen, die nur auf Amerika hören, stellten die Sozialprogramme ein, die Hilfen für die vielen kleinen Städte und Dörfer auf dem Land. Meine Arbeit als Packer in der staatlichen Verteilungsstelle war ich sofort los. „Padre, wie soll ich meine Familie ernähren? Nicht mal ein neues Hemd kann ich mir leisten, das alte fällt auseinander. Werden sie mich holen und einsperren? Wie damals unter Somoza, als sie mich wie so viele Jugendliche auf dem Land ins Militär ziehen wollten und jeden in ein Lager steckten, der sich weigerte?" So stand er Padre Enrique gegenüber und schaute ihn verzweifelt an. „Was soll ich machen?"

Und dann ruhten diese Augen auf mir. Die Wogen meiner Angst beruhigten sich. Du wirst für uns hier arbeiten, sagte Padre Enrique. Ich kann nicht viel zahlen, aber es wird reichen. Schreinern kannst du, das brauchen wir. Und ich nehme dich ins Team auf, Gottesdienste vorbereiten, Außenstellen betreuen, Katechetenarbeit also. Du kannst das, sagte der Blick. Und seitdem war das so. Salomon hatte wieder festen Boden unter den Füßen.

Jetzt tritt er durch die geöffneten Torflügel der Schreinerei und begrüßt Miguel. „Wie weit bist du?", fragt er und blickt auf die Kirchenbank, die letzten Sonntag unter dem Gewicht der fülligen Rosaria eingeknickt war. Alle rissen hinterher ihre Witze über das Geschehnis, bis der Pfarrer bat, das sein zu lassen. Das sei nicht christlich, und sie sollten Rosaria lieber trösten und helfen, denn sie hatte sich dabei mächtig das Bein verstaucht. „Ich habe das zerbrochene Seitenteil ersetzt", sagt Miguel, „und noch einen Stahlwinkel zur Verstärkung eingesetzt." „Das sollten wir nach und nach bei allen Bänken machen", meint Salomon. Miguel winkt ab. „So viele Winkel haben wir nicht." „Dann werde ich den Pfarrer bitten, dass er welche mitbringt, wenn er das nächste Mal nach Managua fährt." Salomon schaut sich das Ergebnis der Reparatur genau an und klopft dem jungen Miguel anerkennend auf die Schulter.

„Soll ich das neue Teil noch lackieren?", fragt er. Aber Salomon schüttelt den Kopf. „Lass das mal lieber den Porfirio machen. Der kommt doch morgen sowieso vorbei." Er legt den Arm um Miguels Schultern und schiebt ihn sanft, aber bestimmt zum Ausgang. „Mach' Schluss für heute. Du willst doch bestimmt noch deinem Vater helfen. Hat er wieder Schmerzen?" Miguel nickt. „Nicht nur Schmerzen. Seit die Verbände der Contras hinter der Grenze aufgelöst werden, kann er nicht mehr schlafen. Er kann nichts gegen die Angst machen, dass sie wiederkommen und ihn nochmal foltern." „Der Arme. Grüß ihn von mir."

Salomon bleibt noch einen Moment vor dem offenen Tor stehen und schaut Miguel nach. Der Gedanke an Miguels Vater hat seine Wut, die lange still in seinem Bauch ruhte, wieder hochgekocht. Gestern sind sie wieder durchgefahren, zwei Lastwagen, die Pritsche voller junger Männer in Militärkleidung. Sie hielten nicht an, aber jeder weiß es: Sie kommen aus Puerto Cabezas an der Ostküste. Sie werden dort gesammelt, die ehemaligen Contra-Soldaten aus den Lagern in Honduras und die, die schon eingesickert waren auf nicaraguanischen Boden und dort Anschläge verübten. Jetzt war ihr Krieg gewonnen. Jetzt wurde der Geldhahn aus den USA zugedreht, sie waren überflüssig. Ihre Waffen mussten sie abgeben und sich nach Matagalpa transportieren lassen. Dort, so sagt man, werden sie registriert und sollen Land bekommen. Nicht wenige brachten ihre Familien aus den Lagern mit.

Salomon denkt an seine Finca in den Bergen. Sie blühte, sie hatten Hoffnung, und die Hoffnung nahm Gestalt an: jedes Jahr ein lachendes, gesundes Kind. Und dann kam der Überfall der Contras. Sie stahlen das Vieh, steckten das Haus und die Hütten an. Mit ihren Knarren standen sie vor ihnen. Er und María rissen die Kinder an sich, griffen ein paar Vorräte und retteten sich zu Fuß zur Landstraße und von dort in das nächste Städtchen, nach Waslala. Sie waren hier nicht die ersten Flüchtlinge, aber die sandinistische Verwaltung hatte Baumaterial und Arbeit für alle und versprach Sicherheit. Es war klar, dass er sich ihrer Bewegung anschloss.

Salomon atmet tief durch, verscheucht seine schmerzhaften Erinnerungen und macht sich auf den kurzen Weg nach Hause. Sofort wird es ihm leichter ums Herz, als ihm gleich drei seiner Kinder entgegenrennen und seine Beine umfassen. Wie Kletten hängen sie an ihm, humpelnd bewegt er sich zum Schuppen. Er nimmt seine Machete aus dem Regal, schneidet ein Stück reifes Zuckerrohr ab, zerteilt es mit zwei Hieben und pult jedem Kind ein kräftiges Stück zum Lutschen und Kauen heraus. Lachend und schmatzend ziehen sie ab.

Dann begrüßt er María mit einem Kuss. Angelika ist auch da, die Deutsche aus der Gruppe, die beim Pfarrer zu Besuch ist. Er weiß, sie kommen aus einer Pfarrei, die jedes Jahr einen Batzen Geld schickt, und die jetzt mehr daraus machen wollen: eine Partnerschaft, mit gegenseitigen Besuchen – vielleicht eine Freundschaft. Als Padre Enrique Gastfamilien suchte, hat er sich sofort gemeldet. Eine freundliche ältere Frau ist Angelika, Lehrerin, so viel hat er verstanden. Sie hilft, wo sie kann, und lässt sich nicht bedienen.

Weil er so verschwitzt ist, geht er erst einmal duschen. Was haben die Nachbarn gelacht, als er ihnen erzählte, er werde hinter einem Verschlag eine Dusche bauen. Wo er die denn kaufen wolle? In der Hauptstadt? Mit welchem Geld? Und bei dem schwachen Wasserdruck würde ein Rinnsal draus, da könnte er sich bestenfalls die Zähne putzen!

Aber Salomon machte, und als er fertig war, lachten die Nachbarn nicht mehr, sondern staunten. Er legt einen Schalter um, so dass das Wasser nicht in die Küche läuft, sondern über eine Steigleitung einen oben aufgehängten Eimer füllt. Wenn der voll ist, dreht er das Wasser ab, stellt sich unter einen zweiten, etwas tiefer hängenden Eimer, in dessen Boden er feine Löcher gebohrt hat. Dann zieht er an einer Schnur, der volle Eimer wird langsam gekippt und ergießt seinen Inhalt in den löchrigen Eimer – das reicht für ein paar Minuten Duscheffekt. Angelika hat sich kaputtgelacht, als sie das sah, und stellt sich jeden Tag drunter, oft zweimal.

Der Abend nimmt seinen Lauf. Es gibt Abendessen, *gallo pinto*, also Reis mit roten Bohnen, wie eigentlich jeden Tag. Kurz dürfen die älteren Kinder noch auf den Kirchplatz, denn da sitzt Hannes von der deutschen Gruppe und spielt auf seiner Mundharmonika. Dann zieht die Dämmerung über den Ort, Maria ruft die Kinder rein und schickt sie ins Bett. Die drei Erwachsenen sitzen noch eine Weile zusammen und üben, sich mit Spanisch und Händen und Füßen über die Erlebnisse des Tages zu verständigen. Dann geht es zu Bett. Morgen fängt der Tag wie immer früh an.

In dieser Nacht jedoch wird alles anders. Dass Lastwagen über die Hauptstraße donnern, das ist normal, seit wieder mehr Holz aus dem Tropenwald in den Bergen geschlagen wird. Aber dieses Mal hält ein Lkw mit quietschenden Bremsen vor der Hütte. Laute Stimmen, ein kleines Kind weint, der Motor des Lasters springt wieder an, und gleichzeitig pocht jemand mit der Faust gegen die Hüttentür. Salomon springt in selne Hosen, María sitzt aufrecht im Bett, und Carmen, die Älteste, ist wach und schmiegt sich mit aufgerissenen Augen an sie.

Salomon öffnet die Tür. Im Funzellicht der Straßenbeleuchtung sieht er einen jungen Mann im verschlissenen Tarnanzug, dahinter noch einen, und zwei junge Frauen, fast noch wie Mädchen, jede ein Baby auf dem Arm. Zwei, drei kleine Kinder verstecken sich hinter ihren Beinen. „Was wollt ihr?"

„Bist du Salomon Silez?" „Ja. Wieso?" „Ich bin Alejandro. Ich bin mit deiner Frau verwandt." Salomon zuckt mit den Schultern. „María! Kommst du mal?" María wirft sich eine Decke um und tritt zögernd zu der Szene an der Tür. Im Hintergrund taucht Angelika auf. „Der hier will mit dir verwandt sein", sagt Salomon zu seiner Frau. „Lass sehen. Dreh dich mal zur Laterne!" Und als dem Angesprochenen das Licht ins Gesicht fällt: „Wie heißt deine Mutter?" „Marta", sagt Alejandro. „Ja, von Marta, meiner Cousine. Ihr habt uns mal in unserer Finca besucht." Alejandro nickt. „Habt ihr uns ausspioniert?", greift Salomon ein. „Dein Vater hat damals die Sandinisten beschimpft, immer nur beschimpft!" „Ich habe damit nichts zu tun", sagt Alejandro fast flehentlich, „Ich habe euch nicht verraten!" „Aber du kommst von den Contras. Direkt aus Honduras, wie?" Sein Ton wird schärfer.

Alejandro zeigt auf eine der jungen Frauen. „Meine Familie. Das Baby ist krank. Es behält nichts bei sich. Juanita hat Angst, dass es stirbt. Deshalb dachte ich an euch. Vielleicht könnt ihr helfen und uns heute bei euch aufnehmen." „Und die anderen?" Salomon weist mit dem Kinn auf die zweite Familie. Tonfall, schwere Atmung, harter Blick – in Salomon lodern die Erinnerungen. „Die sind in Ordnung. Freunde. Sie haben sich nichts zuschulden kommen lassen."

Alejandro und Salomon starren sich in die Augen. „Ich kann dir viele Tote aufzählen", sagt der Ältere, sehr ernst. „So viele Tote, so viele Entwurzelte. Fast jeder Nachbar hier ist ein Opfer der Contra. Ein Opfer von euch. ,Nichts zuschulden kommen lassen', dass ich nicht lache!" Unendliche Sekunden vergehen. Das Baby schreit wieder auf. „Papa, was ist?" ruft eins der Kinder hinter der jungen Mutter.

María legt die Hand auf Salomons Schulter. Stille.

„Kommt rein", sagt er leise, fast knurrig. Schweigend treten alle ein und setzen sich auf den Lehmboden oder stehen herum. Das Baby weint. Salomon ist noch nicht fertig mit der Sache und stiert in die Dunkelheit. Aber María und Angelika machen sich an die Arbeit.

Herd befeuern, Öllämpchen anstecken. Heißes Wasser, Milch, ein bisschen *gallo pinto* vom Abend für die größeren Kinder. „Los, helft mit", Angelika bricht den Bann und bezieht die beiden Mütter ein. „Holt mir die Schüsseln da aus der Ecke." „Hier, Juanita", schließt sich María an, „Löffel für Löffel. Nur wenig, ganz vorsichtig." Wie erlöst fassen die Frauen mit an, auch wenn sie hilflos wirken. Aber ein erstes Lachen fliegt durch den Raum.

Am nächsten Nachmittag trifft sich Salomon mit seiner Katechetengruppe im Büro des Pfarrers. Der Gottesdienst am Sonntag ist vorzubereiten. Soeben hat er die beiden Familien verabschiedet. Der Ortsvorsteher, der sowieso in Matagalpa zu tun hat, lässt sie auf seinem Pritschenwagen mitfahren. Verdaut hat Salomon das alles noch nicht. Der Kloß in seinem Bauch ist weicher geworden, aber nicht weg. Noch lange nicht.

Er erzählt, was geschehen ist. Niemand spricht, alle haben ihre eigenen Geschichten. Dann sagt Padre Enrique: „Ihr wisst ja noch, wie ich mal entführt wurde. Drei Tage war ich bei einer Gruppe Contras. Sie haben mich geschlagen. Mich zu foltern, das haben sie nicht gewagt. Dreckiger Sandinist, haben sie zu mir gesagt." „Klar wissen wir das noch", sagt einer aus der Runde. „Wir haben uns solche Sorgen gemacht!" „Letzten Sonntag", fährt der Pfarrer fort, „habe ich einen von denen im Gottesdienst gesehen. Einen von den Entführern." „Warum hast du nichts gesagt? Wir hätten ihn rausgeworfen!" „Ich habe ihn hinterher angesprochen. Er sagte mir, er wisse nun gar nicht mehr, was eigentlich wahr ist. Er sagte: ‚Padre, in den Lagern haben sie uns erzählt, Gott ist der Verbündete unserer Knarren!' Komm wieder, habe ich gesagt, komm und lerne, dass Gott anders ist."

Wieder schweigen alle. Da greift Enrique zur Bibel und liest vor: „Liebt eure Feinde und betet für die, die euch verfolgen. Was ist denn schon Besonderes daran, wenn ihr nur zu euren Brüdern freundlich seid? Das tun auch die, die Gott nicht kennen." Er blickt in die Runde. „Das steht bei Matthäus. Wollen wir das als Text nehmen am Sonntag? Was meint ihr?" „Das ist schwer", sagt Salomon nach einer Weile. „Ich sehe noch heute, wie sie uns mit ihren Gewehren bedroht haben." „Wer behauptet, dass es für uns leicht ist, was in der Bibel steht?", sagt der Padre, „und doch hast du dich heute Nacht entschieden, damit anzufangen." „Entschieden?", sinnt Salomon dem Wort nach, „Es war ein winziger Moment, da habe ich nachgegeben. Ich war genauso nah dran, sie achtkantig rauszuwerfen."

Miguels Vater, der sonst selten etwas sagt, murmelt: „Wer liebt, trägt keinem etwas nach." „Von Paulus", sagt Enrique und lächelt ihn an.

Lebenswende Leipzig

Das Frühstück war nicht schlecht, sogar reichhaltig. Es gab eine hessische Spezialität, die er besonders gern aß: Ahle Wurscht. Ein guter Plan, dachte er, gestern schon die lange Strecke von Köln bis zu diesem Hotel in Bad Hersfeld zu fahren. Das bedeutete: heute das kürzere Stück, aber trotzdem keine ungewisse Übernachtung irgendwo im unbekannten Terrain der ehemaligen DDR. Nicht dass er Vorurteile hätte wie ein sprichwörtlicher Wessi. Es ist aber doch wichtig, so redete er sich ein, gut ausgeruht in die Verhandlungen dieser beiden Tage zu gehen.

Bruno Fahrian goss sich noch einen Kaffee ein und bat darum, das Telefon benutzen zu dürfen. Er zückte ein Zettelchen und wählte die Nummer von Werner Schmidtmann in Magdeburg. Der klang hellwach, als er sich meldete. „Tag Herr Schmidtmann, hier Fahrian", sagte Bruno, „ich bin dann heute in Leipzig und morgen in Dresden. Bleibt alles so, wie wir es besprochen haben?" „Aber klar!", erwiderte sein Gesprächspartner, „ich habe hier alles vorbereitet. Gestern war ich noch beim Generalvikar. Die spielen mit und lassen mich problemlos gehen. Im Gegenteil: Die sind froh, auf diese Weise bei der Sozialen Arbeit weiter mitzumischen. Unser kleiner Laden hier wird denen zu teuer, jetzt, wo sich alles ändert." „Gut", meinte Fahrian, „dann soll uns nichts mehr aufhalten." „Noch etwas", fiel ihm Schmidtmann ins Wort. „Ich weiß nicht, ob ich es Ihnen schon so deutlich gesagt habe: Ich lege keinen Wert auf den Professorentitel! Daran braucht es überhaupt nicht zu scheitern! Ich will was bewegen. Der Hut ist mir egal, den ich aufhabe." Fahrian schwieg einen Moment. „Ja, mir war das schon klar. Wir müssen aber auch sehen, dass unser Fachbereich nicht abfällt gegenüber den anderen. Das hat an den Hochschulen auch was mit der Titelei zu tun. Leider." „Sie werden das schon machen! Ich freue mich auf unsere Zusammenarbeit!" „Ich auch", erwiderte Fahrian. „Wenn Sie sonst keine Neuigkeiten haben, wünsche ich Ihnen einen schönen Tag!" „Gute Fahrt!", tönte es von der anderen Seite, „Und rufen Sie mich an, wenn Sie Ergebnisse haben!" „Aber klar doch!" Fahrian legte auf.

Schmidtmanns energisches, aber freundliches Gesicht mit der schwarzen Strubbelfrisur trat ihm vor Augen. Er freute sich wirklich darauf, ihn zum Partner zu haben, obwohl er ihn erst zweimal getroffen hatte. Das erste Mal, das war ein paar Jahre vor der Wende. Ein Besuch zwischen kirchlichen Ausbildungsstätten, aber es hatte was vom reichen Onkel, der den armen Verwandten in dessen schäbiger Hütte heimsucht. Eine Delegation des großen Kölner Fachbereichs erschien bei der winzigen Magdeburger Ausbildungsstätte, die fast ohne Geld alle drei Jahre etwa zwanzig nebenberufliche Studierende zu Sozialarbeitern ausbildete – zu einem Beruf, den es in der DDR offiziell gar nicht gab, denn soziale Probleme, für die man sie gebraucht hätte, existierten angeblich nicht. Sie verschenkten ein paar technische Geräte. Aber das Ausbildungsprogramm, das Schmidtmann ihnen vorstellte, setzte sie in Erstaunen. Hochmodern! Up to date! Und so praxisbezogen, wie sie es im westdeutschen durchgestylten Hochschulbetrieb kaum realisieren konnten.

Darum dachte er sofort an ihn, als er an dieser speziellen Sitzung im Bonner Ministerium teilnahm. Es ging um das Hochschulwesen in Sachsen. Die anderen neuen Bundesländer konnten ihre Hochschulen auf die grüne Wiese setzen, die Pfründe waren längst verteilt. Sachsen war schwieriger, denn das Land hatte aus DDR-Zeiten einen großen Überhang an Studienplätzen und musste schrumpfen. Dafür war es selbstbewusster und bestand auf einer besonderen Regelung: Jeder Fachbereich, ob alt oder neu, sollte eine Doppelspitze erhalten: einen Wessi und einen Ossi. Professoren aus westdeutschen Hochschulen, die sich leitend an der Neuaufstellung von Fachbereichen in Sachsen beteiligen wollten, hatten sich gemeldet und saßen in jenem Ministerium zusammen, um einer merkwürdigen Prozedur beizuwohnen. Jedes Mal, wenn ein Fachbereich aufgerufen wurde, wühlten sich zwei Mitarbeiter durch Datensätze und taten kund, welche der vorhandenen Hochschullehrer durch welche Tätigkeiten vorbelastet waren, zum Beispiel durch Stasi-Mitarbeit, und welche nicht. Dann erst wurde nach dem wissenschaftlichen Renommée der ostdeutsche „Zwilling" gesucht.

Fahrian hatte gespannt gewartet, bis die Reihe an die Soziale Arbeit kam. Görlitz war schon besetzt, Dresden sollte an die evangelische Kirche fallen, also ging es um die Neueinrichtung eines staatlichen Studiengangs an der Technischen Hochschule Leipzig, die bald als Hochschule für Technik, Wirtschaft und Kultur neu gegründet werden sollte. Dort gab es praktisch keine ostdeutschen Kandidaten. Ein paar Soziologen und Politikwissenschaftler wurden rasch als reine Ideologen abgetan. Da konnte er mit Werner Schmidtmann seinen Trumpf aus der Tasche ziehen. Das ging glatt durch, und er bekam den Auftrag, sich selbst um diesen Kompagnon zu kümmern.

Das führte ihn zum zweiten Mal nach Magdeburg, wo er Schmidtmann höchst aktiv in einer Bürgerbewegung vorfand, die all die vielen Werbeplakate von Magdeburg fernhalten wollte, mit denen die Wessis überall sonst die ehemalige DDR verschandelten. Fahrian musste schmunzeln ob dieses aussichtslosen Unterfangens, stieß jedoch mit seiner Leipzigidee auf strahlende Begeisterung. Seitdem waren sie in Brief- und Telefonkontakt.

Bruno Fahrian löste sich von solchen Erinnerungen und setzte sich in seinem bequemen Familienschlitten in Bewegung. Osthessische Autobahn, die ehemalige Grenze bei Herleshausen, Eisenach, Richtung Chemnitz, wie die Stadt jetzt wieder hieß, der Abzweig nach Leipzig.

Er musste schlucken, als er durch die kahle, ja irgendwie trostlose Ebene fuhr, die Leipzig meilenweit umgab. Anflüge von Skepsis hatte er schon zu Hause, aber jetzt senkte sich zum ersten Mal auf dieser Fahrt eine graue Decke der Beklemmung auf seine freudiggespannte Erwartung. Will ich wirklich hier hin, weg vom lebendigen Rhein, von den Wanderwegen in der Eifel, von der spannenden Multi-Kulti-Metropole Köln? Will ich das meinen Kindern zumuten? Wird meine Frau tatsächlich dabei sein? Habe ich sie eigentlich ernsthaft in das Projekt einbezogen, oder einfach mein Ding gemacht, und es könnte eine böse Überraschung geben? Dass sie gar nicht will? Dass die Kinder maulen und mit ihr eine Front bilden?

Er fuhr auf einen der wenigen Parkplätze an der Autobahn, in Sichtweite der Silhouette der Stadt. „Zugabe Leipzig" fiel ihm ein. So hatten Dieter Hildebrandt und Werner Schneyder ihren Kabarettauftritt in der Pfeffermühle zu Leipzig 1985 genannt. *Wird dies hier meine höchstpersönliche „Lebenszugabe Leipzig", die mir eine Wochenendfamilie beschert, vielleicht sogar die ohnehin schon brüchige Ehe vollends gefährdet? Oder: will ich das sogar? Will ich fliehen?*

Er merkte, wie seine Herzfrequenz stieg, wie sich Schweißperlen auf seiner Stirn bildeten. Die vielen Argumente dafür! Nach Jahren des Einerleis in der Lehre etwas Neues wagen, etwas Frisches organisieren, ja: und helfen! Diese deutsche Vereinigung musste gelingen, und da waren Leute wie er, mit Blick für das Soziale und Politische, doch gefragt! Mehr noch: Sie durften sich nicht drücken!

Oder habe ich nur Angst vor der Blamage, wenn ich jetzt noch einen Rückzieher mache? Schmidtmann wäre enttäuscht, Kollegen würden sich bestätigt fühlen, dass auf mich kein Verlass sei.

Irgendwann zwang er sich weiterzufahren. Noch sind beide Wege offen, sagte er sich. *Noch kann ich Informationen einholen, Bedingungen aushandeln, ein Gefühl dafür entwickeln, wie rasch sich diese Stadt und diese Hochschullandschaft entwickelt.* Gerade Leipzig sagte man eine spannende Zukunft voraus!

Es war nicht leicht, die Hochschule zu finden. Immer wieder musste er anhalten und sich im Stadtplan orientieren. Bei diesen kurzen Pausen, er konnte nicht anders, fielen seine Blicke immer wieder auf die Straßenzüge. Bröckelnde Fassaden, viel alte Substanz, ungepflegt. Köln hatte auch seine maroden Viertel, aber das hatte Charme. Dieses hier bedrückte.

Die schriftliche Einladung lotste ihn zum Standort in der Gustav-Freytag-Straße. Dort saßen die Sektionen

Sozialistische Betriebswirtschaft und Marxismus-Leninismus, und irgendwo in diesem Gebäude sollte, vorläufig jedenfalls, der Studiengang Soziale Arbeit untergebracht werden. Auf ein Telefonat der Pförtnerin eilten gleich zwei beschlipste Herren herbei, es waren die Sektionsdirektoren. Aufgeräumte Stimmung, Führung durch das Gebäude, insbesondere durch einen leerstehenden Anbau. Dort also, aha.

Anschließend Kaffee und Kekse in einer gemeinsamen Sitzung der beiden Sektionen. Die Professoren stellten sich vor. Fahrian erinnerte sich an ein paar Namen aus der Verhandlung in Bonn. Die Studiengänge wurden erläutert, die Forschungsprojekte. Natürlich sei man dabei sich umzustellen, vieles sei ja vorher aus politischen Gründen nicht möglich gewesen, aber man habe immer schon an den unterschwelligen sozialen Problemen gearbeitet. Und bei der Betriebswirtschaft, die ja in der BRD doch sehr eingleisig sei – ja, man kenne das – habe man die Belange der Arbeitnehmer und ihrer Familien immer im Blick gehabt. Man freue sich darauf, diesen wissenschaftlichen Zugang durch die Soziale Arbeit künftig verstärkt zu sehen.

Bruno Fahrian beleuchtete kurz seinen Hintergrund. Er freue sich über den herzlichen Empfang, könne aber leider noch wenig Konkretes sagen. Erst morgen habe er die Verhandlungen im Landesministerium zu führen. Allgemeines Kopfnicken, man wünschte gutes Gelingen bei den Gesprächen.

Schmidtmann erwähnte Fahrian noch nicht, und auch nicht sein Wissen, dass bei der Abwicklung von diesen beiden Sektionen wohl nicht viel übrig bleiben würde. Stattdessen verabschiedete er sich, er werde ja noch im Hauptgebäude, im Rektorat erwartet. Ob man ihn zur Dimitroffstraße begleiten dürfe? Nein danke, er finde schon hin.

Ein schönes, altes, gar nicht so strenges Gebäude, dieser Hauptsitz. Dafür war der Empfang umso kühler. Er musste eine Viertelstunde beim Pförtner warten, bis der Rektor erschien. Der führte ihn in einen kleinen Sitzungssaal, wo vier, fünf Professoren und Professorinnen aus verschiedenen technischen Fachbereichen warteten: Ingenieure, Architekten. Das Gespräch war einsilbig, die Stimmung ernst, fast feindselig. Der Rektor blühte etwas auf, als er die lange, erfolgreiche Geschichte der Vorgängereinrichtungen ausbreitete. Hier seien all die Leute ausgebildet worden, die das Industrieland Sachsen vorangebracht und später den hohen Standard der Technik in der DDR garantiert haben.

Fahrian nippte am schlechten Kaffee, machte trotzdem einen Scherz über die „Kaffeesachsen", wie man die Leipziger nenne – so habe er es gehört -, und entschuldigte sich, er müsse sich noch auf die Verhandlungen am nächsten Morgen vorbereiten. Da nahm ihn der Rektor beiseite und führte ihn in sein Arbeitszimmer. „Wissen Sie", sagte er, als sie allein waren, „all die Kollegen in diesem Hause blicken mit Sorge in die Zukunft. Bitte verstehen Sie, Herr Fahrian, dass man Sie hier nicht mit offenen Armen empfängt. Vielleicht ist es Ihnen nicht so bewusst: Die Zahl der Professoren in der künftigen Hochschullandschaft Sachsens ist exakt begrenzt. Neue Studiengänge gibt es nur auf Kosten der alten. Das heißt: Jede Professur, die Sie morgen im Ministerium für die Soziale Arbeit herausverhandeln, kostet einen Bauingenieur oder eine Architektin ihre Stelle. Ich sage Ihnen das so offen, weil Sie das möglicherweise von Ihren Kollegen anders gehört haben, die etwa nach Brandenburg oder Mecklenburg gegangen sind. Dort ist alles neu, zusätzlich, und riecht nach Aufbruch. Hier ist der Rasenmäher unterwegs. Das ist unser politisches Schicksal an den Hochschulen in Sachsen."

Fahrian nickte. „Grundsätzlich habe ich davon gewusst. Aber es ist etwas anderes, wenn man den Leuten gegenübersitzt, die es persönlich trifft. Danke, dass Sie mich darauf aufmerksam gemacht haben. Auf der anderen Seite: Ohne eine gewisse fachliche Breite kann ich den Fachbereich nicht aufbauen."

„Selbstverständlich! Der Studiengang ist beschlossen, und dann soll er auch so ausgestattet sein, dass sich die Hochschule nicht lächerlich macht. Ich hoffe, Sie finden einen guten Mittelweg."

Bruno Fahrian verabschiedete sich. Er musste daran denken, dass auch dieser Rektor die Umstrukturierung kaum überstehen wird. Aller Ehren wert, wie er sich trotzdem für seine Leute einsetzt.

Es dämmerte schon. Eigentlich wollte er sich noch Stadtviertel ansehen, in denen man wohnen könnte. *Schon wieder presche ich vor und denke für meine Familie mit*, dachte er.

Stattdessen machte er sich auf nach Dresden. Unterwegs kreisten seine Gedanken um die Gespräche in Leipzig. *Darf ich mich so dazwischendrängen? Andererseits: Es ist so beschlossen, und wenn ich es nicht mache, dann macht es ein anderer. Aber werde ich mich wohlfühlen, wenn alle so reserviert sind – außer die Politischen, die man sowieso nicht übernimmt?* Das geht vorüber, sagte er sich. Die Hochschule wird neu aufgesetzt, und die alten Wunden werden verheilen. *Da werden gerade wir vom Sozialwesen gefragt sein! Aber so entspannt wie in Köln wird es nicht sein, gewiss nicht.*

In Dresden galt es, eine bestimmte alte Villa am gegenseitigen Elbufer zu finden. Das war eines der Gästehäuser der Landesregierung. Die Schönheit des Bauwerks und der Lage konnte er nur ahnen, es war zu dunkel. Drinnen war die Tafel schon aufgehoben, aber man stellte ihm noch ein Abendessen zusammen. Reichlich müde schlurfte er in den Keller, der, so hieß es, zu einer Bar ausgebaut war. Dort traf er eine ausgelassene Gruppe Wessis, vor allem Geschäftsleute, und trank ein paar Bier mit. Nach dem fünften Ossi-Wessi-Witz entschuldigte er sich, wünschte noch einen angenehmen Abend und suchte sein Zimmer auf. Er sammelte seine Gedanken und versuchte zu rekapitulieren, welche Fachgebiete ihm in welcher Reihenfolge wichtig waren und welche Leute er für Verwaltungs- und Praxisaufgaben brauchte. Doch hatte er sich das alles nicht schon ein Dutzend Mal klargemacht? Neue Aspekte fielen ihm nicht ein. Da kann ich auch gleich ins Bett gehen, dachte er.

Die Nacht war unruhig, nicht nur weil das Haus hellhörig war. Die bevorstehende Entscheidung ließ ihn nicht gut schlafen. Das Dilemma an der Hochschule war es nicht, diese Sorge konnte er mit ein paar rationalen Überlegungen eindämmen. Nein, emotional schmerzhaft drängte sich immer wieder die persönliche und familiäre Entscheidung in Träume und Bewusstsein. Ich allein will eine Wende in mein Leben bringen, die Chance der politischen Wende nutzen, sagte er sich, und immer wieder drohe ich zu vergessen, was für eine Wende das für meine Familie bedeutet. *Was will ich eigentlich? Will ich mehr als eine neue Aufgabe? Will ich ein neues Leben?* Manchmal schlief er ein, dann wurde er wieder wach, grübelte über seine Zweifel, immer wieder von vorne. *Was soll ich tun?* Er versuchte, sich objektive Regeln zu setzen, zum Beispiel: Wenn ich mindestens acht Stellen heraushole, fange ich in Leipzig an, wenn es weniger sind, sage ich ab. Aber er wusste natürlich, dass selbst zwölf Stellen ihn nicht davon entbinden würden, sich für eine Richtung seines Lebensweges zu entscheiden. Irgendwann stand er auf, begann ein bisschen zu lesen, dann war es Zeit zu duschen, und er war der erste im Frühstücksraum. Da langte er zu, wie um sich zu beruhigen. Als sich die Geschäftsleute einfanden, floh er zurück in sein Zimmer, kramte dies, kramte jenes, und schließlich war es Zeit ins Ministerium zu fahren. Um acht Uhr war er verabredet. Ministerialrat Rühling.

„Ah, Herr Professor Fahrian! Rühling mein Name. Kommen Sie herein, nehmen Sie Platz. Kaffee oder Tee?" „Danke, ich habe gerade gut gefrühstückt." „Wie war gestern ihre Fahrt? Sie waren in Leipzig in der Hochschule?" Fahrian berichtete kurz. Er ließ auch die Probleme nicht unerwähnt, die ihm angedeutet wurden. „Ja", sagte der Ministeriale, „das ist nicht einfach. Deshalb geht es manchmal hoch her, hier in Sachsen, wenn es sich um die Hochschulen dreht."

Rühling machte eine Pause, die irgendwie bedeutsam wirkte. Fahrian wartete, denn das Ministerium war am Zuge. „Herr Professor, ich will nicht lange darum herumreden, dafür ist die Zeit zu kostbar, Ihre und meine. Wissen Sie, gestern gab es eine Kabinettsitzung, die bis in den Abend dauerte. Am Schluss ging es um die Hochschulen. Der Finanzminister hat noch einmal den dicken Rotstift herausgeholt. Wir vom Wissenschaftsressort haben dagegengehalten, was wir nur konnten, aber es sind doch noch einige Studiengänge gestrichen worden. Darunter die Soziale Arbeit in Leipzig."

Fahrian starrte den Beamten an. Ehe er Worte fand, sprach sein Gegenüber schon weiter. „Ich weiß, das ist nicht die feine Art, aber so ist Politik nun mal. Sie sind extra hierhergekommen, und nun gibt es nichts mehr zu verhandeln. Selbstverständlich bekommen Sie alle Auslagen erstattet, hier ist das Formular. Vielleicht war es trotzdem schön für Sie, unser altes Leipzig einmal zu besuchen. Und heute sollten Sie sich unbedingt noch einige Dinge in Dresden ansehen. Wir haben ja sowieso für Sie eine zweite Übernachtung im Gästehaus arrangiert."

Bruno Fahrian stotterte konsterniert ein paar Sätze zusammen. Er müsse das erstmal verarbeiten, vielleicht fahre er auch direkt zurück. Er werde anrufen. Händeschütteln, danke für die Zusammenarbeit, noch einmal größtes Bedauern.

Als er draußen war, suchte er in seinem Gemüt, ob er enttäuscht oder erleichtert war. Nichts von beidem. Er war innerlich leer, einfach leer.

V

Momente in der Musik

Tiefes C

Schulmusikabend.

Fast alle kunstledernen Klappsessel in der Aula waren besetzt und knarzten, obwohl die vielen Eltern, Großeltern, Geschwister, Mitschüler und die Lehrer, die sich nicht drücken konnten, ihre Bewegungen einzufrieren versuchten.

Die Auftritte staffelten sich jahrgangsweise. All die Etüden, die Deutschen Tänze und Sonatinen der Unterstufenschüler waren verklungen, manche schon fein perlend vorgetragen, da spürte man die Musikalität, manche aber steif und hämmernd oder, wenn's die Geige war, mit jenem kratzigen Reibeton im Strich, so dass Robert sich bei gedanklichen Kommentaren erwischte wie „Lass es lieber!" oder „Spiel doch Tischtennis, das passt besser." Aber er ärgerte sich selbst darüber, denn eigentlich war das ungerecht gegenüber den aufgeregten kleinen Jungs, und außerdem brauchte er eine gute innere Stimmung für seinen eigenen Auftritt, keine Nörgelei.

Die Mittelstufe klang anspruchsvoller, auch wenn Robert die Stücke, soweit Klaviermusik, fast alle kannte. Natürlich fehlte das As-Dur-Impromptu von Schubert nicht, wie bei keinem Schulmusikabend. Einer hatte den ersten Satz der Klaviersonate von Mozart drauf, der mit dem „alla turca" im dritten Satz. Für den wiegenden und doch vorwärtsstrebenden Rhythmus waren seine Gliedmaßen aber noch nicht weich genug. Ein Flötist mit einem Satz aus einer Händel-Suite erreichte Roberts Gemüt: ein schöner, warmer Ton. Er kam ins Träumen, wünschte sich eine Freundin mit Querflöte. Bald würde die Tanzstunde anfangen.

Nach einer kleinen Pause, die der altmodische Musiklehrer mit schwärmerischen Sätzen über die Spätromantik überbrückte, garniert mit einer Anekdote von Brahms, die Robert schon kannte, war die Oberstufe dran, und sein Jahrgang, die Obersekunda, zuerst.

Ragnar aus der Parallelklasse begann. Der etwas verrückte, ältere, vor einem Jahr irgendwo aus dem Süden zugezogene Mitschüler mit dem aparten Vornamen, der sich für wilde philosophische Themen interessierte, spielte auf dem Flügel ein Stück von Debussy. Ganz schön schwierig, und auch mit einigen Fehlern, aber sicher nur aus einem Grund: um den alten Musiklehrer zu ärgern. Für den war die Musikgeschichte mit der Spätromantik zu Ende. Er hasste diesen französischen Impressionisten mit seiner Programmmusik und sprach ihn aus reiner Bosheit immer deutsch aus, also mit „u" statt „ü" und mit der Betonung auf der zweiten Silbe: „Debússy".

Es folgte der wackere Dietmar mit seiner Bratsche. Er spielte irgendwas Italienisches, Corelli oder so, begleitet vom Musiklehrer selbst. Vor Aufregung ging er nicht aus sich heraus, spielte zu steif, zu wenig schwungvoll – er konnte es besser, schade. Den Mittelteil wiederholte er aus Versehen zweimal, und der Lehrer am Klavier brauchte drei, vier Takte, bis er es merkte und Dietmars Umweg folgte. Aber sonst war es ordentlich, es war ja auch ein wunderschönes Stück Musik, und der freundliche Applaus entspannte ihn sichtlich.

Jetzt blieben noch Christian und Robert, bevor die Primaner an die Reihe kamen. Die beiden waren die Jüngsten in ihrer Klasse, und sie konnten kaum verschiedener sein. Christian kam aus einem reichen, liberalen, gastfreundlichen Hause, jüngster Sohn des bekanntesten Rechtsanwalts der Stadt, ein teurer Flügel gehörte zum selbstverständlichen Mobiliar, und er erzählte so nebenbei, er dusche zweimal am Tag – ein Luxus, den Robert nur aus dem Schwimmbad kannte. Ein krauser Haarschopf, ein bisschen wie Beethoven, betonte den künftigen Künstler, und was Robert bis zum Herzklopfen fremd war: Er hatte schon seit zwei Jahren eine richtige, etwas ältere Freundin, sogar mit Sex. Beim letzten Geburtstag hatte sie ein Kleid an, wo man den Busenansatz sah, Robert konnte kaum hingucken.

Robert kam aus dem Arbeiterviertel, auch wenn sein Vater schon Angestellter war. Erst vor kurzem hatte er seiner Mutter eine Frisur abgetrotzt, die ohne braven Seitenscheitel auskam. Er war der Erste in der Verwandtschaft, der zur Höheren Schule ging. Zum Klavierspielen hatte ihn ein Großonkel animiert, der Akkordeon spielte, und der hatte auch den Vater beim Kauf eines preiswerten, aufgemöbelten Schwarzlack-Ungetüms beraten.

Robert war der Klassenprimus. Gut zu sein in der Schule, das gehörte sich für ihn einfach. Er war nicht unbeliebt, er konnte helfen und abgeben. Aber als ein bisschen dröge galt er doch. Wenn es um echte Männersachen ging, Nacktfotos zum Beispiel, die einer ergattert hatte, oder Expeditionen in jene Straße mit dem Puff, um zu gucken, ob auch ein Lehrer dort auftauchte, dann war er nicht dabei. Christian dagegen machte nur das, was ihn interessierte, und kam damit gut durch. Dass er sich in Mathe immer eine Fünf leistete, war fast Ehrensache.

Jetzt also Christian. Er stellte seine Noten aufgeschlagen vor sich auf die Leiste am Flügel und spielte das Präludium C-Dur aus dem Wohltemperierten Klavier von Bach, also gleich das erste aus dem ersten Band, das bekannteste überhaupt, wie ein kurzes Raunen aus dem Publikum bestätigte. Er spielte es taktklar, ohne Pedal, mit nur minimaler, langgezogener Dynamik, technisch so gut wie einwandfrei – so wie man Bach zu spielen hatte. Der Beifall setzte schon beim letzten Ton ein, war herzlich, anhaltend, belohnte den handwerklich sauberen Vortrag des wohlgelittenen Stücks. „Eben wohltemperiert", Robert konnte den gedanklichen Kalauer nicht vermeiden.

Jetzt wurde er angekündigt. Er saß vorne am Rand, neben seinen Eltern, nahm seine Noten, eine dünne Einzelausgabe, und ging nach oben zum Flügel. Er klappte den Notenträger flach – dazu hatte ihn der Musiklehrer fast zwingen müssen, denn das Publikum sollte sehen, dass hier einer seiner Schüler auswendig spielte. Ihm selbst war das eigentlich zu aufgetragen. Die Noten, die er trotzdem in der Hand hatte, legte er daneben auf den Flügel. „Das gibt dir Sicherheit", hatte seine Klavierlehrerin gesagt, und er hat es brav befolgt.

Wieder C-Dur, jetzt aber Romantik statt Barock: die Arabeske von Schumann, von *Robert* Schumann. War es die Gleichheit des Vornamens? Frühromantik, das war seine Musik, und er hatte immer geschwankt zwischen Schubert und Schumann. Aber Franz Schubert legte die Melancholie seines Lebens zu offen in seine Musik, so dass es Robert manchmal zu intensiv, zu nah war. Schumann war, bei aller Fülle seiner Emotionen, zurückhaltender, intellektueller, vielleicht durch den Vater auch innerlich gebunden – Robert hatte über ihn gelesen und fühlte sich seelenverwandt.

„Leicht und zart" sollte der erste Teil klingen. Robert begann etwas langsamer als vorgegeben, er wollte noch Reserven haben für die Wiederholungen.

Dann das erste Zwischenstück in a-moll, das war der kühle, intellektuelle Schumann, schwierig für Robert, weil er kleine Hände hatte und deshalb Mühe mit den vielen Stellen, wo in der linken Hand eine Dezime zu greifen war. Manchmal schummelte er ein bisschen und rollte den Dreiklang hoch wie ein kurzes Arpeggio. Dann war er unfallfrei durch, spielte die Wiederholung des Anfangsteils eine Spur schneller und schwungvoller und freute sich geradezu auf das zweite Zwischenstück in Moll, wo er den Temposchwung mitnehmen und es donnern lassen konnte bis ins Fortissimo, gewürzt mit kleinen effektvollen Verzögerungen, die zum Teil so gar nicht in den Noten standen. Aber hier konnte er seine innere Kraft hineinlegen, sich zeigen, den drögen Primus überspielen, er fühlte sich gut.

Dann, erneut, der Anfangsteil. Dieses Mal spielte er ihn noch etwas rascher, ganz im Piano, wie hingehuscht. Das hatte er sich vorher überlegt, damit es für die Zuhörer nicht langweilig wird. Und dann kam der kurze, langsame, versonnene Schluss. Leise, mit vielen kleinen Verzögerungen, als ob man dem ganzen Stück nachlauscht, und ganz am Ende noch einmal das kleine Hauptmotiv aus dem Anfangsteil, einzig hier ein lauter Akzent, dann der doppelt abfallende C-Dur-Dreiklang, der auf einem einzelnen Ton landet, dem tiefen C. Dieser Ton war pianissimo zu spielen und doch markant zu setzen. „Pianissimo heißt ja nicht ohne Kraft", hatte die Klavierlehrerin gesagt, und: „Ganz leise mit Nachdruck spielen, das ist die

Kunst. Alle im Raum müssen es hören, jeden einzelnen Ton." Genau das versuchte er in diesen letzten Ton, in dieses C zu legen.

Pedal stehen lassen, nicht zu lange, dann wegnehmen. Stille. Ein Stuhl knarzt.

Eine Sekunde, zwei – warum klatscht niemand? Jetzt, wie eine Explosion, laut, kräftig, Robert wagte in die Gesichter zu sehen, freundlich, nickende Köpfe. Er verbeugte sich, ging zurück auf seinen Platz, vergaß seine Noten auf dem Flügel.

Waren die Leute ergriffen? Diese ein, zwei Sekunden zu lang vor dem Beifall, diesen Moment des inneren Nachklingens des tiefen C, in das er sein Herz gelegt hatte, und das in den Herzen der Zuhörer nachwehen musste, bevor sich die Stimmung lösen konnte, das hat Robert nie vergessen. Auch als er später das Klavierspielen vernachlässigte, nie wieder an die Fertigkeit herankam, die er damals, mit 16 Jahren, hatte: Dieser Moment gab ihm Vertrauen. Ja, er konnte sich mitteilen, seine Gefühle, übersetzt in Musik, fanden ihren Weg ins Innere der Menschen.

Schlussakkord

Selten so viel Resonanz! Jetzt, beim zweiten Auftritt, als letzter Chor im zweiten Teil des Abends, als Schlusspunkt also, war der Funke übergesprungen. Wir waren weit ins Umland gefahren, aus der Großstadt, in der wir zu Hause waren. Ungewohnt für uns: Wir waren die von außen eingeflogenen Stars! Eine zweite Gastgruppe, ein Shantychor, hatte abgesagt. Zu Hause, in der Stadt mit der höchsten Chordichte bundesweit, waren wir an solchen Abenden nur ein Chor unter vielen, außer wenn wir einen exklusiven Abend veranstalteten – schwer genug, so viel Repertoire gut, ja sehr gut aufzubereiten. Und dann bestand die Hälfte des Publikums aus Familie und Freunden.

Der Saal war groß, der Saal war voll! Auch dieses Publikum bestand aus Familie und Freunden, jetzt aber der anderen Chöre. Die von der Feuerwehr hatten sich mutig und ein bisschen eckig an bekannte Popsongs gewagt, ein in die Jahre gekommener Männergesangverein schmetterte Volkslieder, der Kirchenchor ließ sich mit dem *Ave Maria* von Schubert atemlos bestaunen, und eine fesche Frauengruppe sang plattdeutsche Lieder auf beachtlichem Niveau. Jubel allenthalben, die Fans waren da.

Auch schon vor der Halbzeit sollten wir mit unserem Barbershopstil das Programm beschließen, irgendwie als Höhepunkt. Doch waren wir das? Immerhin, wir ließen uns mit unseren feinen Klamotten sehen: schwarze Hose, weißes Hemd, rote Fliege, beiges Jackett. Das kam schon mal gut an, man sah es an den Augen.

Aber wir machten nicht das Beste draus. Zu viel Erklärung, was denn Barbershop überhaupt ist, dann die langsamen, etwas verstaubten klassischen Songs wie *My Wild Irish Rose* oder *Heart of My Heart*. Zu wenig Bewegung oder *stage presence*, wie es im Barbershop-Jargon heißt. Schmunzelndes Kopfnicken, wenn das Publikum hinter den typischen Barbershop-Akkorden einen Titel von Elvis oder den Beatles erkannte. Freundlicher Applaus, danke für den kleinen Musikunterricht.

Wir spürten es, dass die Luft nicht „knisterte" bei unserem Auftritt. In der Pause änderten wir den Plan für den zweiten Set: eine Ballade raus, dafür einen Up-Tempo-Song mehr, und die Reihenfolge geändert.

Wir kamen ohne die steifen Jacketts wieder auf die Bühne – die hatten wir in unserer vordersten Sitzreihe sorgfältig drapiert. Zum Start ein „Kracher", den wir im Schlaf in hohem Tempo singen können: *Hello, Mary Lou*. *Wochenend und Sonnenschein*, bekannt von den Comedian Harmonists, hatten wir nach vorn gezogen: endlich etwas auf Deutsch! Dazu viel Bewegung. Dann ein Stück im Charleston-Rhythmus mit lustigen Performance-Einlagen. Zum Erholen das harmonisch komplizierte, aber sehr beliebte verträumte *What a Wonderful World*, das alle noch mit der kratzigen Stimme von Louis Armstrong im Ohr haben. Und das Beach-Boys-Medley, das kam wie immer gut an, manche sangen mit.

Wir hatten sie. Der Applaus war mit Rufen und Juchzen garniert. Als der Chorleiter mit großer Pose Abschiedsworte an das Publikum richten wollte, wurde er sofort durch rhythmisches Klatschen und „Zugabe"-Rufe unterbrochen. Wir hatten das leicht frivole *Whispering* auf Deutsch vorbereitet: „Lass mich dein

Badewasser schlürfen …". Es wurde mit viel Gelächter aufgenommen, aber es war noch nicht genug. Dann, so hatten wir es vorher besprochen, konnte unser Schluss-Gag ziehen.

Wir legten das schmissige *Darkness on the Delta* aufs Parkett. Wir waren in Form, die triär gesungenen Achtel saßen wie im Jazz, sogar den Tonartwechsel kriegten wir sauber hin. Sofort nach dem *key change* setzten wir uns singend und tänzelnd in Bewegung, runter von der Bühne, jeder packte sein Jackett und warf es locker über die Schulter, und vor der langgezogenen Akkordfolge am Schluss des Stückes standen wir, bunt gemischt (das waren wir ja gewohnt), vorn am Mittelgang, Gesichter zum Publikum, und reizten jeden Vierklang bis zum letzten Luftmolekül aus, unhörbares chorisches Atmen, und den allerletzten Dur-Akkord zogen wir so lang hin wie noch nie, getragen und getrieben von freudigen Gesichtern vor uns, wir sangen uns die Seele aus dem Leib: Das ist Chorsingen! Ein ewiger Klang mit vielen Obertönen, ein Klang, der einfach stehen konnte, immer weiter und weiter. Nein, Beifall tobte mitten hinein, und der Chorleiter winkte präzise ab.

Und es war, als stehe der Akkord noch im Raum, in den Ohren, in den Köpfen. So soll es klingen. That's Barbershop.

Das Geheimnis der Verzögerung

Luca ballte die Faust, sie schnellte hoch zur Sieger-geste. Auf diesen Anruf hatte er gewartet und gehofft, fast drei Wochen lang. Eine junge, weibliche Stimme. „Okay", hatte sie gesagt, sie zog das Wort neumodisch hoch auf der zweiten Silbe, als wäre es eine nachdenkliche Frage, aber es war eine Zusage: „Am Tag des Konzerts, nachmittags um drei, zwanzig Minuten, und such ein schönes Café aus nahe am Hotel Admiral, da wird er wohnen. Ronnie liebt hot chocolate."

Noch vier Tage bis dahin! Luca checkte auf dem Handy, welche Cafés fußläufig zum Hotel lagen. Es waren fünf! Er schaute auf seine Uhr. Am liebsten wäre er sofort losgezogen, um sie alle durchzuprobieren. Aber er musste zuerst in die Redaktion, zur täglichen Lage. Der Anruf hatte ihn beim Frühstück erwischt.

Luca arbeitete als Volontär bei der großen Regionalzeitung und konnte es sich nicht leisten, bei der Redaktionskonferenz zu fehlen. Außerdem brauchte er noch einmal das OK des Chefs zu diesem Interview. Das hatte er ihm vor vierzehn Tagen zwar schon einmal gegeben, aber bestimmt wieder vergessen.

Der Chef nickte nur kurz und hob den Daumen. Luca schaute noch bei Rolf vorbei, dem fest angestellten Kulturredakteur. Musik gehörte zwar zu dessen Ressort, aber der interessierte sich tausendmal mehr für Literatur und Kunst und für die Kulturschickeria und war froh, einem begabten jungen Mann den Musikbereich überlassen zu können. Deshalb fragte Luca nicht, sondern sagte nur Bescheid – das gehörte sich doch so.

Zwei der Cafés schieden schon rein äußerlich aus. Das eine war zu schäbig, und das andere zu laut, direkt an der Straßenbahnecke. Er setzte sich in die anderen drei, bestellte jeweils die Heiße Schokolade, ohne Sahne, und kam zu einem eindeutigen Ergebnis. Bei der Bäckereikette war es nur ein dünner Kakao, im Café des großen Kaufhauses war die Schokolade nicht heiß genug, aber beim alt-eingesessenen Café Meyer war sie zwar teuer, aber einfach super: heiß, dick, bittersüß, der Kakao klebte an den Lippen. Um keinen Fehler zu machen, bestellte er einen Tisch vor, hinten in der Ecke, etwas abseits von den anderen.

Am Tag vor dem Treffen fuhr er quer durch die Stadt zu seinem Freund Danny, um mit ihm amerikanisches Englisch, möglichst mit Slang-Ausdrücken, zu üben. Der war ein Jahr in den Staaten und seit ein paar Wochen zurück. Wieder zu Hause, suchte er sich aus dem Internet alle möglichen Vokabeln zusammen, die mit Jazz zu tun hatten, und ging noch einmal den Lebenslauf von Ronnie Taylor durch, seine Kindheit in Georgia, Jugendclubs, in denen er jazzte, später die Big Bands, bei denen er angeheuert hatte, und die Jazzgrößen, mit denen er zusammen aufgetreten war, zunehmend auch in Combos. Miles Davis, das war wohl der Höhepunkt. Der Name Dexter Gordon, Schwarzer wie er, tauchte mehrmals auf, obwohl der so viel älter war und sie beide eigentlich Konkurrenten mit dem Tenorsax. War das so etwas wie sein Lehrer?

Jetzt war Ronnie 82, machte aber immer noch seine Tourneen. Keine großen Säle mehr, nur Clubatmosphäre, und kleine Combos. Die Leute kamen seinetwegen, die Karten waren rasch weg. Wer weiß, ob man ihn nochmal live erleben kann? Nur drei Auftritte in Deutschland, davon einen in Lucas Stadt. Aber der Chefredakteur kannte ihn! „Drei CDs habe ich von ihm", sagte er, „geh hin, Junge, mach was draus. Toll, dass du dir das zutraust!" Bei der Gelegenheit konnte er endlich loswerden, dass er seit Jahren Jazz macht. Der Chef nickte anerkennend und verdonnerte ihn zu einem Auftritt beim nächsten Betriebsfest.

Eine halbe Stunde vor der Zeit saß er auf seinem Platz im Café, hatte sich eine Cola bestellt und baute sein Aufnahmegerät auf. Er war nicht darauf gekommen, dass die Steckdose so weit weg sein könnte, aber die Inhaberin half ihm mit einer Verlängerungsschnur. Irgendwie war sie wohl auch neugierig, was da an ihrem Ecktisch passieren sollte.

Zehn Minuten später tauchte eine schlanke Blonde in einem roten Hosenanzug auf, begleitet von einem Typen, dem man die Security von weitem ansah. Blickaustausch mit der Kellnerin, die deutete mit dem Kopf auf ihn und seinen Tisch. „Hi, ich bin Charline von der Eventfirma. Wir haben telefoniert. Schön dass das klappt. Ich komme gleich mit Ronnie, er freut sich. Das hier ist Tarek, der wird da vorne sitzen und aufpassen, dass alles gut geht, keine verrückten Fans und so." Und schon war sie wieder draußen. Tarek grinste und verzog sich an einen Tisch an der Wand nahe beim Eingang.

Punkt drei trat Ronnie Taylor ein, Charline hinter ihm. Mit einem Schlag hatte der Raum einen Mittelpunkt. Groß, kerzengerade, bestimmt einsneunzig, ein bisschen füllig, aber nicht dick, altmodisch im dunklen Anzug mit grüner Krawatte. Die Augen! Wie Scheinwerfer wanderten sie durch das Café, blieben bei Luca hängen, der sprang auf. Kurze, graue Haare. Er sah jünger aus als 82.

Handschlag. Er ließ sich auf den hingeschobenen Stuhl fallen. Charline setzte sich etwas in den Hintergrund. „Ein junger Mann", sagte Ronnie. „Machst du Musik?" „Ja, Klarinette. Und ich lerne jetzt auch Altsaxophon." „Sehr gut, sehr gut! Irgendwann musst du dich entscheiden. Das Alto macht einen anderen Menschen aus dir. Du musst wissen, ob du das willst."

Luca verstand alles auf Anhieb. Seine Sorgen wegen der Sprache waren verflogen. Ronnie sprach breites Südstaatenenglisch, mit leicht kratziger Stimme, aber er sprach langsam, ließ sich Zeit, guckte Luca zwischen seinen Worten manchmal nur an, einen lachenden Augenblick lang. Ich muss jetzt ein Interview daraus machen, Luca gab sich einen Schubs. „Und Sie? Haben Sie von vornherein Tenorsax gespielt?" „Nie was anderes, Junge. Nie. Ich wusste sofort: Das bin ich. Ich und das Sax, wir sind eins."

Endlich dachte Luca daran zu fragen, ob er mit dem Aufnahmegerät einverstanden sei. Ronnie blickte sich zu Charline um. „Wir behalten die Rechte an der Aufnahme", sagte die, „du hast das unterschrieben. Du kannst sie natürlich für deinen Artikel verwenden, aber dann gehört sie uns."

Luca schaltete das Gerät ein und bat ihn zu schildern, was seine wichtigsten Stationen in seinem langen, reichhaltigen Musikleben waren. „Du wirst denken, ich sage jetzt: Miles Davis, was?" Er grinste, seine Lachfältchen spielten. „Nein, sage ich nicht! Auch wenn er der Berühmteste ist. Miles hat großartige Arrangements gemacht, ich habe auch viel Geld verdient bei ihm, aber meine Musik war das nicht. Zu künstlich, zu technisch, zu sehr gestylt. Damit meine ich nicht seine Trompete, sein Klang ist wahnsinnig, aber das ganze Drumherum!"

„Wer denn?" „Wenn ich einen Trompeter nennen soll: Chet Baker! Einer der wenigen weißen Bläser im Jazz, die ich verehre. Sein Horn war schwärzer als das von Satchmo. Leider hatte er sein Leben nicht im Griff. Aber ich hatte unvergessliche Abende mit ihm." „Was meinen Sie damit, wenn Sie sagen: Sein Horn war schwärzer …? Was macht schwarzen Jazz aus?"

Ronnie schaute ihn lange an. „Ich muss vorsichtig sein mit dem was ich sage, hier in Europa. Ihr habt seit vielen Jahrzehnten tolle Musiker, ein reiches Jazzleben. Ich schätze das sehr! Aber weißt du, in meinem Alter, da wird mir immer deutlicher, was ich von welcher Musik halte, und da kann ich das auch laut sagen. Meine Musik nimmt mir keiner mehr weg!" Luca stotterte etwas von Vertrauen, er werde seine offene Meinung auf jeden Fall respektieren und so weiter, aber Ronnie winkte ab. „Lass mal. Du hast ehrliche Augen, und du willst wirklich was wissen. Aber es ist schwer, das in Worte zu fassen, was schwarzen Jazz ausmacht. Übrigens, diese *hot chocolate* ist hervorragend!"

Ronnie nahm einen tiefen Schluck, sie war jetzt auch nicht mehr ganz so heiß, und Luca gab kleine Fingerzeige zum Tresen, dass sie schon mal einen zweiten Becher vorbereiten. „Schwarzer Jazz ist wie diese Schokolade: Bitter und süß, klebrig, das macht ihn langsam, auch wenn er spritzig ist, ich meine: Er muss seinen Geschmack erst allmählich entfalten." „Und wodurch geht das?" „Am wichtigsten sind zwei Dinge. Das eine ist: dreckiges Spiel." Luca muss ungläubig geguckt haben. „Ja, das kennst du nicht, du braver

Klarinettist. Auf der Klarinette geht das kaum. Auf dem Sax, der Trompete und der Posaune aber sehr wohl." „Sie meinen das Anblasen des Tons von unten!?" „Noch schärfer, Junge. Du spielst den Ton nie rein. Du bleibst immer eine Nuance unter der richtigen Tonhöhe, mal mehr, mal weniger. Unter der richtigen Tonhöhe im Sinne der Note, im Sinne der astreinen Stimmung. Du spielst mit diesen Nuancen, mit diesem Untertreiben der Tonhöhe, du drückst damit alles aus, deinen Stil, deinen Schmerz, deinen Blues. Und du spielst rau, mit Geräuschen im Klang, nie sauber." „Und warum ist das charakteristisch für schwarze Musik?" „Unser Leben steckt darin, junger Mann. Das von uns persönlich, aber vor allem das von den Schwarzen in Amerika. Wenn du unten bist, wenn du ständig auf der Hut sein musst, wenn du viel einstecken musst, dann bist du vorsichtig, dann bist du nicht mehr geradeheraus, dann duckst du dich, damit sie dich nicht erwischen, und du drückst dadurch gleichzeitig dein Leid aus. Und deinen Protest, denn du lieferst ihnen nicht den klaren, glatten Ton, den sie hören wollen."

Die Bedienung kam mit dem zweiten Becher. „Ha, sehr gut!" rief Ronnie. Charline deutete auf ihre Armbanduhr. Ronnie winkte ab. „Lass uns weitermachen. Mir macht das Spaß, dieses Interview. Der Junge bringt mich zum Nachdenken." Das ging runter wie Butter bei Luca. Also machte er einfach weiter: „Sie haben von zwei Dingen gesprochen, die schwarzen Jazz ausmachen. Dreckiges Spiel – und das andere?"

Ronnie probierte zuerst den frischen Becher Schokolade und verzog das Gesicht. „Verdammt, jetzt hätte ich mir beinahe die Lippen verbrannt. Du weißt, dass das für uns Holzbläser nicht unbedingt gut ist." Luca lächelte und reichte ihm von seiner eisgekühlten Cola. „Danke! Aber lass mal. Ich muss etwas ausholen."

„Also: Seit Jahren lasse ich bei meinen Konzerten das Schlagzeug weg. Weißt du warum?" Er wartete Lucas Antwort erst gar nicht ab. „Ich höre schon lange nicht mehr auf das Schlagzeug. Ich höre nur noch auf den Bass." „Das hat Dexter Gordon auch gesagt, in dem Film *Round Midnight*", warf Luca ein. Ein Strahlen flog auf Ronnies Gesicht: „Haste den gesehen? Super Film! Kein Film über Jazz, sondern mit Jazz! Dexter", sein Ton wurde fast feierlich, „Dexter war mein großes Vorbild. Ich habe so wahnsinnig viel von ihm gelernt. Ja, und das auch, das mit dem Bass." „Warum Bass und nicht Schlagzeug?"

Ronnie beugte sich vor. „Das Schlagzeug kettet dich an, der Bass macht dich frei." Lucas Gesicht war ein großes Fragezeichen. „Du kannst dich dem Schlagzeug nicht entziehen. Es nimmt dich gefangen. Es zwingt dich in seinen Rhythmus. Wenn du dich davon lösen willst, musst du kämpfen. Ich verkrampfe dann, meine Energie geht in diesen Kampf, nicht in die Musik. Beim Bass ist das ganz anders." „Der Bass ist sanfter?" „Ja, vielleicht. Ein exakter Bass ist auch unerbittlich, er schreitet voran und lässt sich durch nichts aufhalten, aber er lässt dich frei. Du kannst dich im Takt entfalten, den Takt umspielen, dich davon lösen, denn der Bass weiß genau: Du kommst sowieso zu ihm zurück. Der Bass ist wie eine selbstbewusste Frau. Sie weiß, du machst dein Ding, drückst dich aus, gehst ein bisschen neben der Spur, aber du bleibst bei ihr, wie ein Hund an der langen Leine."

„Und was genau ist jetzt das Schwarze daran?"

„Du kennst die Musik der Hispaniolas, der weißen, spanischstämmigen Amerikaner?" Luca wiegte unsicher den Kopf. „Sie spielen vor dem Schlag, sie sind dem Rhythmus immer gern einen Bruchteil voraus. Denk an Sonny Rollins, der hat das mal nachgemacht, mit seinem *Watermelon Man*." „Jetzt weiß ich, was Sie meinen." „Die weißen Anglosachsen, die spielen genau auf dem Schlag, Marschmusik, rumtata. Auch Heavy Metal ist so." „Furchtbar, ja. Mag ich nicht." „Lass mal, nicht gleich urteilen. Jeder drückt sein Leben in der Musik aus, und alles hat seine Berechtigung."

Luca wartete nun auf das, worauf Ronnie offenbar hinauswollte: den Umgang der schwarzen Musiker mit dem Rhythmus. Aber der nahm erst wieder einen Schluck Schokolade und stieß ein tiefes „Ahhh!" aus. „Wegen dieser Schokolade komme ich nächstes Jahr wieder hierher, Luke – so heißt du doch?" Und als der ihn anstrahlte, fuhr er endlich fort.

„Du hast also einen *Jazzman*, der mit Leib und Seele aus der schwarzen Musik kommt, und du hörst genau hin. Dann merkst du: Er ist immer eine Spur hinter dem Schlag. Das sind winzige Momente der Verzögerung, mal nur Millisekunden, mal auch ein bisschen mehr. Er spielt damit, nicht bewusst. Sobald du das planst und als Kunstmittel einsetzen willst, wird es furchtbar. Nein, er kann gar nicht anders. Damit drückt er seine Seele aus, die Seele seines Volkes, die Seele vieler Generationen, die auf den Feldern der Weißen geschuftet haben. Auch da ging die Zeit unerbittlich voran, man musste sich fügen, sonst setzte es Schläge, und doch kam die Seele nicht mit, sie schleifte hinterher, sie entzog sich der Zeit der Weißen, nur eine Winzigkeit, aber diese kostbaren Momente bedeuteten die Freiheit, mühselige Freiheit, gestohlene Augenblicke. Das steckt so tief drin, das hast du in Fleisch und Blut, das *ist* dein Blut."

Was sollte Luca dazu sagen? Er, als junger, unerfahrener Weißer, Europäer, mit einer ganz anderen Geschichte über Generationen? Er schwieg und wartete. „Weißt du, deshalb lasse ich das Schlagzeug weg. Ist dir mal aufgefallen, dass es relativ wenige Schwarze gibt, die gut Schlagzeug spielen? Das ist nicht ihr Ding, das ist immer noch irgendwie ein Militärgerät. Aber Bassisten! Ich kenne unglaublich gute schwarze Bassisten. Mit denen spiele ich gern zusammen, auch jetzt bei meiner Tournee. Und dazu brauche ich noch einen Klangteppich, der von der Gitarre kommen kann. Kennst du Pat Metheny?" Luca war ein bisschen stolz, dass er nicken konnte. „Der macht das ganz hervorragend. Das können gern auch Weiße sein! Geht auch mit dem Vibraphon oder der Marimba. Und über diesem zuverlässigen Untergrund an Rhythmen und Klängen bin ich frei und kann mich ausdrücken. Kann mich gehen lassen. Kann dem Schlag hinterhertrotten, wie ein alter Schwarzer, der sich mit dem Leben arrangiert hat und der aus diesen winzigen, geheimnisvollen Verzögerungen seine Kraft zieht, sein Lebensgefühl, meinetwegen auch seine Unabhängigkeit. Und je älter ich werde, je mehr gönne ich mir das."

„Wow, danke." Luca fühlte sich, als sei er gerade reichlich beschenkt worden, ohne noch zu wissen, was er mit den Geschenken anfangen könnte. Charline gab die Fuchtelei mit der Armbanduhr auf und erhob sich. „Ronnie, wir müssen jetzt wirklich. Du weißt, der letzte Soundcheck, und du musst noch in die Maske.

Und was essen solltest du vorher auch noch." „Jaja, *Sweetheart*. Du gibst den Rhythmus vor, und ich trotte als alter Schwarzer hinterher. Und diese Momente der Verzögerung, das ist die eigentliche Würze!" Fast jugendlich schwang auch er sich aus dem Stuhl und zwinkerte Luca zu. „Alles Gute für deinen Artikel, und lass dich anständig bezahlen dafür!" Er hob die Hand zur High Five und wandte sich zur Tür, und Luca wusste nicht, wohin mit seinem Glück.

Abends im Konzert hörte er auf kaum etwas anderes als diese winzigen, geheimen, wechselnd-verspielten Verzögerungen im Rhythmus, kostbare Ungenauigkeiten, gestohlene schwarze Augenblicke in einer taktklaren, unerbittlich fortschreitenden weißen Zeit.

Moment musical no. 4

„Der Franzl! Grüß Gott!" Einen jungen, etwas zerzausten Mann im fleckigen Gehrock hatte ihm sein Faktotum angekündigt. „Aber Xaver, das ist doch der Schubert, den muss Er doch kennen!" Xaver hatte den Kopf geschüttelt. Ja, der Schubert, aber der sah schon mal besser aus. Man sollte mehr Wert aufs Äußere legen, wenn man einen bedeutenden Mann besucht wie seinen Herrn, den Musikverleger Maximilian Leidesdorf.

„Franzl, was führt dich hierher? Aber komm, leg erst einmal ab, und nimm einen Schluck Wein, den guten Heurigen. Habe ich erst gestern geliefert bekommen." Erschöpft ließ Franz Schubert sich in den dargebotenen Sessel fallen. „Danke, Maxl", keuchte er heiser, „ich nehme gerne ein Glas." Leidesdorf schaute ihn besorgt an. „Bist du krank?" „Nicht mehr als sonst", versetzte Schubert, „aber ich habe schlecht geschlafen." „Du weißt, es steht mir nicht zu. Aber ich mache mir Sorgen um dich. Du bist ein Großer, das weißt du selbst. Du trinkst zu viel, das nimmt den Schlaf." „Maxl, das ist es nicht. Es ist noch immer die Krankheit. Und das Komponieren. Die Ideen verfolgen mich, vor allem nachts."

Der Hausherr schüttelte den Kopf, besorgte den Wein und bemerkte, dass Schubert Blicke zu den Brezeln warf, die, schön in einem Körbchen dekoriert, auf dem Tisch standen. „Nimm dir einen! Sie sind ganz frisch. Hat der Xaver gerade vom Bäcker geholt." Franz Schubert lächelte dankbar, griff zu und biss herzhaft in das knusperbraune Gebäck.

„Also, Franz, was führt dich hierher?" Schubert brach ein großes Stück von der Brezel, stopfte es sich in den

Mund, schüttete einen kräftigen Schluck Wein dazu, stand auf, setzte sich anstelle einer Antwort ans Klavier und begann, noch kauend, zu spielen.

Leidesdorf, selbst ein bekannter Pianist und Komponist, beugte sich in seinem Sessel vor und hörte interessiert zu. *Ein neues Stück, zweifellos. Cis-moll, leicht zu erkennen. Oder ist das von Bach? Johann Sebastian Bach, der alles überragende Thomaskantor, leider heutzutage viel zu wenig gewürdigt? Ich weiß, der Franzl verehrt ihn, das tut ihm nicht gut, er macht sich klein. Neulich sagte er, der Bach ist das Genie, gegenüber dem wir alle Zwerge sind, sogar der Beethoven. Den Ludwig haben wir in diesem Jahr zu Grabe getragen, der Schubert trug eine Fackel.*

Der Musikverleger Leidesdorf riss sich von den trockenen Gedanken los, und der Pianist Leidesdorf vertraute sich wieder seinem Gehör an und versenkte sich in die Musik. Hinter dem stilsicher komponierten Klanggitter erglänzte ein kleines Motiv. *Nein, das ist nicht Bach, der Musik bis zu Ende denkt, bis zur Vollendung, das ist Schubert. Das ist der melancholische Wanderer, das wehe Herz, das ich bei ihm kenne wie bei keinem Zweiten. Dabadiedam, dabadiedam, das treibt voran, und jetzt Atemholen, und dann, im Mittelteil, nach Dur schwenkend, erstrahlt es breit. Dubadiedam, dubadiiiedam. Es tut weh und beglückt zugleich. Das Motiv erfüllt die Zeit. Jetzt noch einmal zurück zum Bachschen Gitter – da, jetzt hört man das Motiv deutlicher als beim ersten Mal. Es war immer schon anwesend, jetzt sucht das Gehör es auf: Da bist du doch schon zu hören, dabadiedam, alter Bekannter, du bist die Seele des Stücks.* Nochmal verhalten ins Dur gewechselt, nochmal das Gitter, aus.

Leidesdorf klatschte ein paarmal in die Hände, das gehörte sich so. „Das war nicht virtuos, was du da komponiert hast", sagte er zu seinem Freund, der sich auf dem Schemel umgedreht hatte, „einfach gehalten, für jedermann. Aber fein, wie eine Perle." „Ich habe ein paar Stücke geschrieben, die auch Klavierschüler früh lernen können. Das führt sie an die große Musik heran." „Und du willst, dass ich sie herausbringe? Ein bisschen Schubert für die kleine Hausdame oder den fleißigen Jüngling? In sehenswerter Auflage?" „Ein paar Gulden täten mir gut", versetzte der Franz und grinste vor sich hin.

Aber er bemerkte, dass Leidesdorf gar nicht hinhörte. Er stützte den Kopf auf die verschränkten Hände und war mit seinen Gedanken woanders. „Wenn die anderen Stücke so ähnlich sind", sprach er mehr zu sich selbst, „dann hast du da etwas Besonderes geschrieben. Ein paar Minuten Musik, die um ein Motiv kreisen, eine Idee, gerade so lang wie ein Atemzug." Jetzt wandte er sich Schubert wieder zu. „Weißt du", fuhr er fort, „als du vorhin gespielt hast, da war mir am Schluss, als hätte ich noch das ganze Stück im Ohr. Wie ein kurzes, eindringliches Gedicht, das ich nach sorgfältigem Lesen als Ganzes vor mir sehe und betrachte. Ein ganzer, großer Augenblick, minutenlang."

Er begann im Zimmer auf und ab zu gehen. „Ich habe schon viele kleine Kompositionen gehört. Jede Woche kommt einer, spielt mir was vor und will, dass ich es verlege. Aber diese Stücke fallen auseinander, sie sind aus kleinen handwerklichen Griffen zusammengesetzt, ohne dass sie eine Seele haben, die alles zusammenhält. Beim letzten Ton weiß ich schon nicht mehr, wie das Stück angefangen hat. Das war vorhin anders, bei dir. Es war wie eine Verdichtung der Zeit, es war, als hätte ich jederzeit das Ganze vor Augen, als hörte ich bei den Schlussakkorden immer noch den Beginn mitschwingen."

Schubert hörte stumm zu, er konnte nicht so viele Worte um seine Musik machen. Aber irgendwie freute es ihn. „Und?", fragte er, „machst du es?" „Ich muss die anderen Stücke hören", antwortete Leidesdorf, „und wenn dieser Eindruck überall besteht, brauchen wir einen Titel, der das ausdrückt. Möglichst einen Titel, der noch unverbraucht ist in der Musik."

Noch ein paar Schritte hin zum Fenster, noch ein paar Schritte zum Tisch zurück. Dann wandte er sich zum Klavier, und unmittelbar vor dem neugierig wartenden Komponisten blieb er stehen. „Musikalische Augenblicke", sagte er, „oder französisch, das macht sich besser: Moments musicaux. Das ist es! Musik, bei der die Zeit stehen bleibt, damit man alles überblicken kann. Ein langer Augenblick Musik. So etwas hast du geschrieben, und so bringen wir es heraus, wenn du magst."

Schubert nickte und setzte sich wieder in den Sessel. Er hob das Glas und lächelte wieder, für einen Moment wie befreit von seinen Sorgen: „Ja, mein Freund. So machen wir es."

VI
Erlebnisse auf Reisen

Ein Überfall der Phantasie am Kraterrand

Von weitem sieht man ihm den Vulkan eigentlich nicht an. Da ist der Momotombo schon kegliger, wie man das vom Fujiyama kennt; und die beiden Vulkaninseln im Nicaraguasee sind sowieso eindrucksvoller. Platt schaut er aus, wie ein massiger Schuh in der Landschaft, oder ein sanierungsbedürftiges Zahnpaar. Aber gut, Touristen müssen hin; tausend Legenden des Landes wabern um diesen Berg, und alte Gemälde zeigen schon die ersten Spanier zusammen mit dem Kaziken der Region am Feuerschlund, wie sie ein Kreuz aufrichten wollen gegen die Satansmächte, die hier am Werk sind.

Und wie Vulkanbezwinger sehen wir eigentlich auch nicht aus. Im klimatisierten Geländewagen von Enrique's Projekt-Holding, sogar mit gekühlten Flaschen des deutschstämmigen Victoria-Bieres unterm Sitz, biegen wir von der Straße von Managua nach Granada auf den Asphaltweg und rollen durch eine heiße, fast baumlose Landschaft auf den Masaya zu. Hier und da zwischen grünem Buschwerk die ersten grauen oder roten, blasigen Lavabrocken; allmählich bestimmen sie mehr und mehr das Bild, verdrängen das mit den Schuttbergen kämpfende Gestrüpp. Der Weg steigt an und endet auf einem gewalzten Aschenplateau, einem Parkplatz. Wir sind heute die einzigen Besucher.

Aussteigen, überrascht die Kühle registrieren, die paar Schritte zum Geländer, der Blick in den Krater. Schweigende, gähnende Tiefe, weißgraue, schroffe Wände, nichts glüht, aber immerhin dampft es geheimnisvoll. Rechts ein endlos graues, glattes Aschenfeld, auf dem übermütige *cheles* ihre Geröllzeichen hinterließen. Echo erproben, hinauf zum höchsten

Punkt, hinüber zum begrünten Nebenkrater, auf dem Weg eine merkwürdige, halbzerfallene Lavastatue eines spitzbärtigen Conquistadoren; und natürlich nach drüben, auf die andere Seite, zum ungeschützten Kraterrand, Mutproben mit Menschenkette an der Abbruchkante, Sekundenzählen beim Steinewerfen in den qualmenden Abgrund.

Und in diesem Augenblick überfällt mich das Bild; meine Phantasie wird nicht mehr los, was ich schon zu Hause düster im Reiseführer gelesen und woran ich mich heute Morgen flüchtig und beklommen erinnert habe: hier hat man sie vom Hubschrauber aus in den Krater geworfen, Guerillas, Oppositionelle, gefangen, gefoltert, verzweifelt; ich sehe schwarze Gestalten kreisend fallen, abgeworfen aus Händen von Menschen in diese Schwefelwüste, zähle die Fallzeit der Steine und Menschen, schlage mit ihnen unten auf, würge bei der Vorstellung. Was tun Menschen mit Menschen?

Und sie leben heute noch, in Miami, Managua oder anderswo, die Uniformierten der *guardia civil* Somozas, deren Hände die zappelnden schwarzen Gestalten losließen, wenn der Hubschrauber über dem Punkt war. Sie leben immer heute noch, die es tun und die es taten, überall in der Welt, und schwätzen und schimpfen und freuen oder ärgern sich über politische Entwicklungen, mehr und weniger Geld, Wahlergebnisse oder Regierungswechsel, ducken sich oder zeigen sich, aber sie gehen nicht mehr hin zum Masaya und stellen sich nicht an den Krater und malen sich keine schwarzen Gestalten aus, die zappeln und sich drehen und stürzen, weil sie selbst sie losgelassen oder einem Andern das Loslassen befohlen haben.

Das sieht man ihm *auch* nicht an, dem Masaya. Das sieht man der ganzen Umgebung dieses Berges in Nicaragua nicht an, dass sie der bevölkerungsreichste Landstrich zwischen Maya- und Inkareich war und eine halbe Million Indianer ernährte, und dass die so genannten Entdecker Amerikas diese Menschen recht gründlich ausgerottet oder zu Mischlingen gemacht haben.

Von den Ausbrüchen des Vulkans bleiben die Aschenhaufen, von den Ausbrüchen der Gewalt bleibt allenfalls unsere Erinnerung.

Das Erwachen der Glucke unter meiner Pritsche

Wenn das Geschrei der Hähne ein Dutzendmal durch den Ort geschwappt ist, von einem Ende zum andern und wieder zurück, und wie eine sich selbst aufschaukelnde nervöse Erregung nur langsam, immer wieder aufflackernd, ins Ruhegleichgewicht zurückpendelt, nur weil irgendeiner dieser bescheuerten Machosymbole sein Kikeriki wichtiger fand als alles andere in dieser Welt; wenn sich des Weiteren die nächtlichen Schauer über die Wellblechdächer ergossen haben, zuerst hämmernd, dann trommelnd und schließlich flutartig aus Rieseneimern herabplatschend, so dass ich unwillkürlich unter dem Moskitonetz her die Bretterwand befühle, ob da nicht das Wasser nur so herunterströmt; wenn endlich der Alte nebenan hinter den Vorhängen sein letztes tierhaftes Lebens- und Schlafsignal von sich gegeben hat, ein unglaublich langgezogenes, helltönendes, in einem Japser endendes Gähnen oder ein keuchendes Räuspern nebst Spuckenklatsch auf den Lehmboden;

da erspäht die Glucke unter meiner Holzpritsche irgendein fahles Schimmern der frühen Dämmerung im Türspalt, eine erste matte Kontur in der tiefschwarzen Finsternis des Raumes, regt ihre Federn und versetzt ihre Kükenschar in aufgeregtes Fiepen, bewegt sich mit ihren krabbelnden Trabanten allmählich und stockend zur Hintertür,

die sich gleich einen Spalt weit öffnen wird, damit Blanca Nieve, das ergraute Schneewittchen, hindurchschlüpfen kann, rasch gefolgt von Reyna, ihrer jüngeren Tochter, während die ältere noch ein halbes Stündchen bis fünf Uhr schlafen wird, denn sie hat den ganzen Tag als Krankenschwester zu arbeiten, beide nach draußen zum Küchenverschlag strebend, um dort mit der morgendlichen Schufterei zu beginnen: Holz spalten, Feuer machen, Wasser kochen, Mais erst kalt und dann warm wässern, zu einem Brei stoßen, Teig daraus kneten und plattschlagen, Tortillas formen und backen, die gestern eingeweichten roten Bohnen kochen, auch Reis garen, Kaffee brühen und zuckern, Rührei braten, weil ein Gast da ist, Limonen pflücken, pressen, zu Saft mischen, zwischendurch mir als dem Gast Waschwasser bringen; dies alles, während der Alte, sein junger Sohn und ich, nach umständlichem Aufstehen, dem rutschigen Gang zur Latrine, dem gebückten Waschen und Zähneputzen draußen an der Abflussrinne und dem Überziehen der Kleidungsstücke uns an der Hüttentür versammeln werden, um eine Stunde lang der zurückweichenden Dämmerung und den aufziehenden Frühnebeln über den Dächern und Bäumen von Waslala zuzusehen und über das zu reden, was der Tag bringen wird, und dann gegen sechs Uhr das Frühstück mundwarm auf einem Blechteller entgegennehmen werden, ich als Gast zuerst, dann der Alte, dann Gregorio,

auf diese Weise die Zähigkeit und Rollenergebenheit der Frauen hier ausnutzend und die auch bei diesen Armen in Nicaragua selbstverständliche Kluft zwischen Mann und Frau an jedem Morgen schon in der Dämmerung erneuernd.

Der Steinwurf

„Noch ein, zwei Jahre, und die Isländer asphaltieren die ganze Kjölur!" Enttäuscht klang es, als Gisela das sagte. „Der Touristenboom macht die Natur kaputt!" „Der Boom, das sind auch wir", versetzte ich trocken. „Auch wir freuen uns, wenn wir nicht mehr den weiten Bogen im Westen fahren müssen, um in die Nordfjorde zu kommen." Aber auf solch rationale Gründe war meine Frau jetzt nicht gut zu sprechen. Wir hatten gerade auf unserer heutigen Tour entlang der Straße 35 am Gullfoss angehalten: Riesiger Parkplatz, zig Busse, mehrere neue Flachgebäude, chic im Backstein-Look, mit Klamotten- und Nippesläden nebst teuren Klos. Die Wege zum Abhang, der diesen wunderschönen doppelten Wasserfall säumt, komplett durchgeregelt, es fehlten nur noch die Einbahnstraßenschilder, und massiv gesichert, damit bloß kein Bericht über einen Unfall eines leichtsinnigen Idioten in den Blogs erscheint und womöglich die nächste Gruppe aus Europa oder Asien vom 7-Tage-Trip abhält. Wir suchten eine einsame Perspektive: Fehlanzeige. Überall stand schon einer und fotografierte.

Das lohnte sich aber auch. Breit fächerte sich die Hvítá aus, mischte das zarte Blau des Himmels in die Milch ihres Gletscherwassers und stürzte sich in einer einzigen, ausholenden Kaskade auf eine mittlere Felsstufe, schwenkte drängelnd nach rechts und verschwand in einem aufschäumenden Kessel, eingetaucht in eine auflodernde Wolke feinster Wassertröpfchen, die gerade heute das goldgelbe Licht der ungetrübten Sonne aufsaugten und zurück in die Luft warfen. Darum der stolze Name: Gullfoss, der goldene Wasserfall.

„Du weißt, ich habe das hier vor dreißig Jahren erlebt!" Man merkte Gisela den Ärger noch an. „Da war unser Hochlandbus mit gut zwei Dutzend Insassen schon ein Eindringling. Er störte in diesem Schauspiel, das die Natur für sich selbst gibt. Und für die streunenden Schafe, und einmal im Jahr für die Bauernreiter auf ihren Islandpferden beim Schafabtrieb." Ich stellte mir vor, wie die rauen Jungs für einen Moment staunend an der hohen Kante innehielten, um bei dem Anblick dieser gewaltigen goldenen Gischt ihre Seele zu erheben.

Aber Gisela war noch nicht fertig. „Vor hundert Jahren lebte hier eine alte Bäuerin. Der gehörte das Gelände. Die sorgte dafür, dass ein Stromkonzern nicht durchkam mit seinen Plänen, hier ein Wasserkraftwerk zu errichten. Sie fühlte sich den Elfen verpflichtet, die hier leben. Die wollten die Natur so erhalten, wie sie ist." „Elfen?" meinte ich, „Wollte die Bäuerin nicht ihre Vorfahren ehren, die seit Jahrhunderten hier sitzen?" Aber Gisela ließ sich nicht abbringen. „Vielleicht auch die Vorfahren. Aber du weißt doch, dass die meisten Isländer an Elfen glauben. Sogar Straßen werden anders gebaut als geplant, wenn Unglücke passieren. Dann sind die Elfen dagegen, die da wohnen." Ich schmunzelte. Aber wenn Gisela das sagt, die sogar die Sprache der Islandpferde versteht, wird was dran sein. Trotzdem: „Und wieso lassen die Elfen heute diesen Touristenzirkus zu?" „Weiß ich auch nicht. Vielleicht, weil das die Natur selbst nicht verändert? Oder weil sie neugierig sind auf die Touristen?" Nun gut, dachte ich, wenn man sie nicht sieht und hört, kann man ihnen alles Mögliche andichten.

Wir schlenderten zurück zum Wohnmobil, fuhren los und schwenkten vom Parkplatz wieder auf die 35, weiter Richtung Norden. Auch die nächsten zwanzig Kilometer hatten schon ihre Asphaltdecke, obwohl die Landschaft jetzt karger wurde. Es gab keine Bauernhöfe mehr, keine Gebäude, nur grasüberwachsene Lava aus der Vorzeit, helles, fast leuchtend zartes Grün wie ausgegossen auf einem Ascheteppich. Dahinter wuchsen die alten Schild- und Kegelvulkane hoch. „Alle düsen sie hier vorbei", sagte Gisela, „all die technikverliebten Isländer und die knipsenden Touristen, und keiner denkt daran, welche Naturkräfte unter dieser Insel lauern." Ich konnte es nicht lassen: „Nur wir nicht, wir sind anders!" „Ja, sind wir auch!" Es war ihr Ernst, und ein drittes Mal sollte ich sie nicht damit aufziehen.

Dann kam die Brücke über die junge Hvítá, einspurig wie immer auf den Nebenstraßen, aber ohne Gegenverkehr, und direkt danach bogen wir ab auf den kleinen Parkplatz. „Jetzt kommt die lange Schotterstrecke in den Norden", meinte Gisela. „Trotzdem, hier ist Schluss für Schwächlinge!" erwiderte ich. „Wieso?" „Kein Vierradantrieb!" „Blöder Spruch." Aber das Straßenschild bestätigte mich: Die 35 war zwar keine F-Straße mehr, also keine Hochlandstraße mit Flussquerungen, aber 4x4 war dennoch vorgeschrieben, des Schotters und des Gerölls wegen. So ein Auto hatten wir nicht. Keine Versicherung hätte uns einen Schaden bezahlt, wenn wir weitergefahren wären. So blieb uns nur der Blick auf den großen, behäbigen Bláfell, den Berg, der rechter Hand die allmähliche Steigung der Straße ins Hochland hinein begleitet. „In der prallen Sonne macht er seinem Namen Ehre", meinte ich, denn oben überzog ihn wirklich ein bläulicher Glanz, als hätte er noch den Winterhimmel in sich gespeichert. Dahinter ahnte man das wilde Kerlingarfjöll, wo hoch in einer breiten Mulde, mitten in einer Runde bizarrer Bergspitzen, ein großes heißes Solfatarenfeld die Bildung eines Gletschers verhindert. „Da möchte ich nochmal hin", sann Gisela laut vor sich hin. „Das nächste Mal, bestimmt!" Ich legte meinen Arm um sie und träumte ein bisschen mit.

„Gut, und jetzt?" Gisela erinnerte mich an unser Vorhaben: Wandern in der Einsamkeit. Das Wetter war wie prädestiniert dafür: Sonnenschein, nur ein schwaches Lüftchen. Gegenüber dem Parkplatz führte ein gewalzter Weg in die Ödnis hinein, grob entlang der Hvítá. Am Ende der Ebene lockte die anthrazitgraue Randkette des Langjökull, man sah den Gletscher zwischen der düsteren Zahnreihe leuchten. „In die Richtung, einfach los!" sagte ich. „Täusch dich nicht, das ist viel weiter weg als es aussieht!" Gisela spielte wieder die Islanderfahrene. Aber natürlich hatte sie Recht.

Also denn: wegen der ungewöhnlichen Wärme leichte Kleidung, aber für das Gelände die festen, hohen Wanderschuhe. Kappe auf gegen die Sonne. Anorak um den Bauch gewickelt. Wasser, Obst, Käse und Brot in den Rucksack. Und los.

Zu Anfang hörten wir die Hvítá neben uns rauschen. Angenehme Kühle schwappte herüber, ein Gruß des Eises, aus dem sie sich speist. „Von der Farbe hat sie ihren Namen: der weiße Fluss!" Ich kehrte den Sprachenkenner heraus, nicht zum ersten Mal. Gisela nahm es gelassen.

Dann bog der Weg nach rechts ab, verließ den Fluss und wurde gröber. Hinter einem Hügel mit ein paar tapferen Grasbüscheln hielt sich eine klapprige, grau verwitterte Bretterhütte aufrecht. Wir blickten hinein:

ein paar verrostete Werkzeuge, Schaufel, Hacke, eine Rolle Draht. Dahinter gab es keinen Weg mehr. „Als ob irgendwann noch jemand diese Bruchbude abholen will", meinte Gisela. Wie auf Absprache endete hier auch die Vegetation.

„Da guckt ein Trampelpfad raus." Ich wies auf ein paar dunkle Flecken, schwarzbraun wie bei einem Rappen, dem das hellere Winterfell nachwächst. Manche Wanderstiefel hatten zwischen den weißlich gealterten Lavabrocken die Steinchen beiseite gedrückt. Die Fährte zeigte in der Ferne auf eine schimmernde Gletscherzunge zwischen zwei kantigen Eckzähnen. „Das sind immer noch mindestens drei, vier Stunden bis dahin", meinte Gisela. „Hoffentlich müssen wir nicht durch einen Fluss." Wir einigten uns, noch höchstens zwei Stunden zu gehen und dann Pause zu machen. Der Hügel, an den sich der Bretterverschlag lehnte, bot eine nützliche Wegmarke für den Rückweg.

Gut, dass wir zu zweit sind, dachte ich, als wir im Gänsemarsch losliefen und unsere Füße aufmerksam möglichst genau auf die staubigen Spuren verflossener Wanderfreunde setzten. Alleine würde ich bald vor Langeweile aufgeben und zurückkehren, oder vom Pfad abbiegen, ob es in der Nähe nicht doch etwas anderes gibt als öde, steinige Wüste, oder mich irgendwo hinhauen und lesen. Aber wenn man zu zweit ist, dann mahnt das bloße, zähe Weiterlaufen der Gefährtin an den Zweck der Übung: Wandern um des Wanderns willen. Da kann man nicht einfach ausbrechen, die Andere tut's ja auch nicht! Und wenn beide so denken, dann trottet man einfach weiter und weiter. Und hinterher werden wir stolz sein, dass wir durchgehalten haben.

Langsam wurde mir warm. Auch Gisela hatte schon ihren Anorak in den Rucksack gepackt, um mehr Luft an ihren Bauch zu lassen. Beim Laufen schwitzen, in Island, sogar im kalten Hochland! Kein frischer Wind – nein, die Luft stand. Aber wir hatten bewusst den schönsten Tag gewählt, den die WetterApp uns anbot. Nun mussten wir da durch, Sonnenwetter ist halt zu genießen, fertig.

Gisela kümmerte sich nicht um meine heroischen Gedanken. „Mir ist das zu viel mit der Hitze. Jetzt ist wirklich Zeit für eine Pause. Gibt's hier irgendwo Schatten?" Witzige Vorstellung. Natürlich nicht. Im ganzen Hochland wächst nicht ein Baum, und hier, in dieser trockenen Ebene, gedeiht auch kein Gesträuch. Regen gibt's reichlich, aber der versickert komplett in der porösen Lava wie in einem versteinerten Schwamm. Hier und da klammerten sich Grashalme und bescheidene Kräuter an die Schattenseiten von Steinbrocken, und bleiche Flechten, wie dünne, fleckige Rindenstücke, die beruhigend über die scharfen Lavakanten flossen, ließen zweifeln, ob sie lebende Wesen waren oder toter Bewuchs aus grauer Vorzeit.

Also hockten wir uns auf glattes Gestein mit passender Sitzhöhe, tranken einen tiefen Schluck Wasser und kauten ein bisschen Brot und Käse. Dann saßen wir, schauten uns freundlich an und prüften uns in Gedanken, ob wir uns schon bestätigen dürften, die Wanderpflicht erfüllt zu haben. Aber zunächst taten wir einfach nichts.

Überhaupt niemand tat etwas. Kein Schaf streunte in dieser Wüste herum, es wäre verhungert. Kein Vogel verirrte sich hierher – wozu? Die Regenpfeifer pfiffen nicht, wie sonst allenthalben auf der Insel: viel zu trocken hier, keine Würmer, kein nichts. Das charakteristische Wummern, wenn die Bekassinen ihre Sturzflüge üben – nicht hier. Auch der Wind, sonst immer zuverlässig dabei mit allerlei Geräuschen, hatte heute die Mitwirkung eingestellt. Ich schaute Gisela an und wusste: Auch sie lässt die Stille auf sich wirken, sonst nichts. Es verbot sich, den Mund aufzumachen und frevlerisch anzusagen, wie still es war. Still, wie sonst nie und nirgendwo.

Da, ein Scheppern! Wie wenn ein Stein fliegt, aufschlägt, noch einmal, dann zwischen andere Steine fällt, sie anstößt. Stille.

Nach ein paar atemlosen Sekunden fragte Gisela: „Hast du das gehört?" Ich nickte. „Was war das?" „Da ist ein Stein geflogen", sagte ich trocken. „Gott ja, natürlich, aber wieso denn?" „Ein Tier war das." „Was denn für ein Tier? Es gibt keine Tiere, die Steine werfen." „Raben", sagte ich. Das ließ sie nicht gelten. „Hier sind keine Raben. Die finden hier nichts. Ich habe die ganze Zeit keine gesehen. Außerdem, die schmeißen bei uns zu Hause vielleicht Kastanien auf die Straße, damit sie zerdeppern, aber doch keine Steine!" Gisela war richtig aufgebracht. „Der Wind kann es auch nicht gewesen sein", meinte ich, „es ist absolut windstill. Vielleicht ein Erdbeben?" „Quatschkopf, das hätten wir doch gemerkt!"

Einen unendlichen Augenblick lang schwiegen wir dem Geräusch hinterher. Dann sagte Gisela, wie zu sich selbst: „Es muss eine Elfe gewesen sein." „Jaja, natürlich. Oder ein Troll." Ich sagte es heftiger, als ich eigentlich wollte. Aber Gisela folgte ruhig ihren Gedanken. „Ja, vielleicht auch ein Troll. Oder eine Trollfrau, noch eher." „Nun höre aber auf", fuhr ich dazwischen. „Selbst wenn wir annehmen, dass es das verborgene Volk der Isländer wirklich gibt. Warum sollen die hier Steine werfen?" „Also, wenn es Trolle waren, dann wollten sie uns ärgern. Trolle wollen immer die Menschen ärgern. Ein männlicher Troll hätte direkt auf uns gezielt. Hätte uns wahrscheinlich sogar getroffen. Eine Trollfrau macht das sanfter, aber doch unmissverständlich." „Und warum sollten sie uns hier ärgern?" „Aber das ist doch klar. Das hier ist ihr Gebiet, ihr Lebensraum. Wir stören sie. Wir sollen abhauen, sonst greifen sie zu anderen Maßnahmen."

Gisela grinste ein bisschen, aber ich hätte gewettet, dass sie es im Grunde ernst meint. Ich versuchte es mit Psychologie. „Du hast die Nase voll und willst umkehren. Und weil du das nicht zugeben willst, erfindest du Trolle, die uns wegjagen." „Aber es hat doch den Steinwurf gegeben!" beharrte Gisela, fast beleidigt, und drehte sich von mir weg, schaute hinüber ins Hochland. Ich folgte ihrem Blick.

Weil wir ein Stück auf den Langjökull zugegangen waren, hatte sich die Perspektive verschoben. Links neben und hinter dem Bláfell erhob sich gewaltig die Silhouette des Kerlingarfjöll, zackig wie ein Stück Alpen, aber schwarz wie ein Scherenschnitt. Weiter nördlich, kühl schon beim Hinsehen, der mächtige Schild des Hofsjökull, ein riesiger, in die Breite geflossener Spitzkuchen mit leicht verschmutztem Zuckerguss. Aber irgendetwas stimmte nicht mit ihm.

„Guck mal", sagte ich, „der Hofgletscher ist so unscharf, ganz anders als der Langgletscher. Die Grenze zwischen Schnee und Himmel verschwimmt." „Die Luft ist diesig im Norden", meinte Gisela. Ich wühlte im Rucksack. „Du hast ja sogar Schokolade eingepackt", grinste ich. Die kam gerade richtig. Wir teilten uns die Tafel, tranken noch einen Schluck und hielten das Gesicht in die Sonne. Ein bisschen schläfrig war mir schon. Wenn es hier Eisbären gäbe, dachte ich, dann lägen sie jetzt faul vor einem Felsen.

Plötzlich stand Gisela auf. „Schau dir das mal an, das ist ja ganz grau da hinten!" Ich versuchte zu finden, was sie sah. Gegenüber dem Hofsjökull hatte man vorhin noch scharf die Nordostecke des Langjökull gesehen. Manchmal stiegen hinter ein paar Randbergen die weißen Wölkchen des riesigen Solfatarenfeldes Hveravellir auf. Jetzt nicht mehr, jetzt stand dort, in der Lücke zwischen den Gletschern, eine graue Wand, als wollte sie das große Tor zum Norden schließen.

„Da kommt schlechtes Wetter", brummte Gisela. „Der Wetterumschwung soll erst heute Nacht kommen", sagte ich unsicher, „wir haben doch die WetterApp gecheckt." „Du weißt, in Island kann man sich auf die Vorhersagen nicht verlassen!" Wieder dieser Ton, als hätte Gisela seit Kindesbeinen hier gelebt. Aber verdammt, sie könnte Recht haben. „Wir sollten zurückgehen", meinte sie, „das kann in zwei, drei Stunden hier sein." „Ja, gut, einverstanden", sagte ich. Eigentlich hatte ich auch genug. Die Gletscherzunge hätten wir vielleicht heute noch erreicht, aber den Rückweg hätten wir nie und nimmer geschafft. Also: alles einpacken und los.

Wir waren höchstens eine halbe Stunde unterwegs, da blies uns eine erste, noch friedliche Windböe eine Staubwolke um die Ohren. Beklommen schauten wir immer wieder nach links. Ja, die Wand war schon vorgerückt, wie grauer Brei umfloss sie die Westseite des Hofgletschers. Unwillkürlich beschleunigten wir unsere Schritte.

Nach anderthalb Stunden hatten wir die Bruchbude erreicht. Der Wind beschränkte sich nicht mehr auf warnende Böen, er wehte stetig und stramm von Norden her. „Riechst du das? Die Feuchtigkeit hat zugenommen!" keuchte Gisela, die noch einen Zahn zulegte. Ich roch mal wieder nichts, aber mir reichte, was ich sah. Die ganze Wetterwelt ringsumher verdüsterte sich und kümmerte sich nicht um uns kleine Menschlein, die durch die Stein- und Lavahaufen hasteten. Jetzt bloß den Weg nicht verfehlen! Jaja, man las in alten isländischen Geschichten, dass man sich bei Regen und Nebel im Hochland rettungslos verlaufen kann. So weit war es nicht, aber Giselas Zeitschätzung war nicht übertrieben.

Heilfroh war ich, als wir endlich wieder den gewalzten Weg und dann die Hvítá sichteten. „Jetzt können wir die Strecke nicht mehr verlieren", meinte ich. Aber Gisela wusste es wieder besser: „Hast du ne Ahnung, wieviel Sicht du noch hast, wenn das Zeug hier ist!" „Hmm", brummte ich. Sie setzte noch eins drauf: „Das kann sogar Schnee geben!" Stumm marschierten wir weiter. Die Temperatur rauschte bergab. Wir hatten die Anoraks schon an und froren trotzdem. „Jetzt brauchen wir höchstens noch eine halbe Stunde!" Wieder gab ich den Superoptimisten und hoffte, dass wir tatsächlich schneller waren als Giselas düstere Prognosen.

Dann wehten uns die ersten Tropfen um die Nase, und Minuten später, wir hatten gerade die Kapuzen über den Kopf gezerrt, da prasselte es. Verbissen kämpften wir uns, das Gesicht zu einer Maske mit Sehschlitz zusammengezogen, gegen das peitschende Nass voran. Man sah tatsächlich gerade noch den Weg vor seinen

Füßen. Die Hosen waren durch, wir hatten die Regen-
hosen vergessen. Vergessen? Wir hatten mit so einem
Wetter einfach nicht gerechnet!

Endlich hörten wir ein Motorengeräusch. „Die Straße!"
rief ich. In dem Moment ging der Regen in Graupeln
über. Wie eingeschüchterte Zwerge duckten wir uns.
Der Weg stieg an, denn die Straße lag höher, von der
Brücke her. Wir horchten, kein Geräusch, und rüber.
Das Wohnmobil harrte einsam auf dem Parkplatz aus.
Es dauerte, den Schlüssel aus der nassen Hose zu
fummeln. Endlich auf, schnell rein, die Eiskörner jagten hinter uns her, Tür zu. Pfützen auf dem Teppich.
„Los, die Sachen aus und ins Badkabuff gehängt", Gisela hatte sofort alles im Blick.

Dann saßen wir am Tisch, frisch umgezogen. Das Auto
hatte noch Wärme gespeichert. Auf dem Dach trom-
melte es. War das schon Hagel? Der Tee war herrlich
heiß, dazu gab's Trockenfisch mit Butter. Wir brauchten Kalorien. „Wenn es bei Graupeln bleibt, geht es",
meinte ich, „das taut schnell weg." Gisela schüttelte
den Kopf. „Da kommt noch Schnee. Vielleicht müssen
wir über Nacht hier stehen bleiben. So kann das gehen im Hochland, mitten im Sommer!" Ich checkte die
WetterApp. Kein Frost angesagt, nachts auch im
Kjölurgebiet drei Grad plus. „Wir werden sehen!"
meinte ich. Und dachte: Diesen Spruch gab es schon
oft, wenn es in Island ums Wetter ging.

Gisela guckte versonnen aus dem Fenster. Regen mit
vereinzelten Schneeflocken hatte die Graupel-
schwärme abgelöst. „Es muss eine Elfe gewesen sein,
keine Trollfrau", sagte sie halblaut. „Was?" „Das mit
dem Steinwurf. Sie hat uns gewarnt, vor dem Wetter." „Vielleicht war es ein erster Windstoß, den wir
nicht mitbekommen haben", versuchte ich noch ein

Gegenargument. Doch Gisela war sich sicher: „Die Isländer erzählen sich viele Geschichten über Elfen, die den Menschen und den Tieren helfen. Da muss was dran sein, sonst hätten sie auf dieser rauen Insel nicht überlebt."

Ich schmunzelte. Eigentlich gefiel mir die Vorstellung, dass uns dort in der Wildnis ein freundliches Wesen auf eine Gefahr hinweisen wollte, ohne sich selbst zu zeigen. „Jedenfalls hat sie uns wachgerüttelt mit dem Stein", lenkte ich ein, „ich möchte jetzt nicht da draußen sitzen."

Begegnung auf Isländisch

Ein bisschen deprimiert war Gisela schon. „Schade, dass es so schnell vorbei ist. Morgen früh geht's zurück nach Deutschland. Ich könnte verdammt noch hierbleiben!"

Wir hatten gefrühstückt, das Wetter versprach etwas Sonne, und wir standen draußen auf Sabines Pferdehof vor unserem geliehenen Toyota RAV. Eigentlich war er dunkelblau, aber jetzt war er einfach nur dreckig. Voller Spritzer, vorne verkrustete Dreckwürste, fast blinde Scheiben. So muss ein Auto in Island aussehen, lächelte ich. Zumal eines mit Vierradantrieb, mit dem man Pisten fährt, die für andere Autos absolut zu Recht verboten sind.

„Lass uns packen und bezahlen. Wir könnten noch was Neues machen heute. Ich habe da so eine Idee", sagte ich großspurig, aber ich wusste, dass sich Gisela gern auf so etwas einlässt.

Der Abschied von Sabine und Daníel war sehr herzlich. „Wir kommen bestimmt wieder." „Ja, unbedingt. Wir haben euch gern hier." Sabine hatte sich ungemein gefreut zu hören, dass einige Seiten meines Islandromans *Ingólfur* hier auf Akurgerdhi geschrieben wurden. Sie hatte das Buch gleich auf ihre Homepage gestellt. „Gute Reise!" „Góda ferdh!"

Dann fuhren wir los, über Selfoss in Richtung Hella. Gisela saß am Steuer. „Wo willst du denn hin?" „Abwarten!" Das Spiel spielten wir gerne. Kurz vor dem beschaulichen Ort ließ ich sie nach Norden auf die 26 abbiegen. Diese Strecke waren wir nur einmal gefahren und hatten es bereut, weil sie im oberen Teil, bevor man wieder auf die Asphaltstraße kommt, grässlich staubig und ruppig ist.

Aber auch im unteren Abschnitt machte sie nicht viel her, wenn man sie mit der belebten Alternative jenseits der Thjórsá verglich. Kaum Bauernhöfe, kaum eine Abzweigung. Das Hotel Galtalaekur, angeblich ein herrliches Freizeitgelände: tot, geschlossen, ein bisschen verloddert. Wegen Corona? Oder haben die Touristen diese Gegend vergessen?

Dann aber erhob sie sich, rechter Hand, die schneebedeckte Hekla, das „Tor zur Hölle", und entschädigte uns. Ein breiter Rücken, mächtige Flanken. Dieser Vulkan beherrscht das lavageflutete weite Tal des Gletscherflusses. Wegen seiner häufigen, manchmal gewalttätigen Ausbrüche beherrscht er auch die Ängste der Einwohner des Südlandes. „Weißt du, dass ein Ausbruch überfällig ist?", fragte ich Gisela. Duckte ich mich unwillkürlich? „Wieso?" „Seit 1947 bricht die Hekla ungefähr alle zehn Jahre aus. Und jetzt ist der letzte Ausbruch schon zwanzig Jahre her." „Quatsch, Vulkanausbrüche sind nie regelmäßig. Die halten sich nicht an solche Regeln!"

Und doch: Warum diese Menschenleere im weiten Umkreis dieses Berges? Wir waren in Stöng, jener Ausgrabungsstätte im bezaubernd grünen Tal unterhalb des Háifoss, zig Kilometer von hier. 1104 wurde dieser Hof mitsamt seinen Nachbarn bei einem dramatischen Ausbruch der Hekla verschüttet, und bis heute hat niemand dort wieder gesiedelt.

Wie um solche Gedanken zu bekräftigen, zogen sich Buschwerk und Grasnarbe auf unserem Weg immer weiter zurück. „Die Landschaft liegt in Asche", sagte ich. Gisela verwies auf die vielen weißen Sprenkel im grauen Einerlei. „Wahrscheinlich Bimsstein." Wir kamen wieder näher an die Thjórsá heran. Hinter ihr wuchs der dunkle klotzige Búrfell hoch. „Uns ist schon

lange kein Auto mehr entgegengekommen", meinte
sie. „Die Isländer wissen Bescheid", frotzelte ich, „die
Hekla ist unberechenbar." Gisela grinste.

„Da ist der Abzweig!", rief ich plötzlich. Gisela bremste
scharf. Das Schild war winzig, die Piste kaum erkenn-
bar. Aber die Schrift war deutlich: Fossabrekkur. „Woher soll ich wissen, dass du da hinwillst?" „Tja, Überraschung", sagte ich. Wir fuhren ein paar hundert Meter. Der Weg weitete sich zu einem lässig gewalzten
Parkplatz. Niemand da. Wir hatten Glück, die Sonne
kam durch. Wir stiegen aus. Trotz Sonne brauchten
wir den Anorak. „Hier weht es wahrscheinlich perma-
nent vom Hochland her", fröstelte ich.

Man atmete die Einsamkeit. Ein Stück vor uns ging es
hinab ins Ungewisse, der Talboden war nicht zu sehen. Dahinter türmten sich graue Wellen von Asche in
allen Schattierungen, schwangen sich langsam hoch
bis an die Flanken der Hekla. Darüber die Schneefel-
der, ermüdet und verstaubt vom langen Sommer,
aber zur Feier des Tages frisch erstrahlt in der Sonne.
Wenn wir uns umwandten, starrten wir auf die öde
Flussebene, hier und da durchsetzt mit alten Lavabrocken, und auf die finstere Burg des Búrfell.

„Komm mal mit", sagte ich. Natürlich hatte ich mich
informiert, was es mit „Fossabrekkur" auf sich hat.
Wir gingen zur Kante. Dahinter öffnete sich eine
Schlucht. Und tief am Grunde: Perlendes, glitzerndes
Wasser, grüne Hänge, Wiesen, Kräuter, niedrige Bir-
ken. Eine Oase in der Aschewüste! Wir stiegen vor-
sichtig hinab, griffen ins eiskalte Wasser – ein Schluck
Gletschergefühl musste sein! Und legten uns ins Gras.
„Na, hättest du gedacht, dass es hier so was gibt?"
„Unglaublich", meinte Gisela. „Toll! Island ist immer
für eine Überraschung gut."

Mindestens eine Stunde genossen wir diesen Flecken. Dann krauchten wir wieder hinauf. Es war nicht leicht, festen Halt unter die Schuhe zu bekommen. Oben stärkten wir uns erst einmal aus der mitgebrachten Schachtel mit Stullen. Die Sonne hatte ihren Zenit schon deutlich überschritten und war drauf und dran, sich hinter dem Búrfell zu verstecken.

„Da kommt ein Jeep!" Gisela war die Staubwolke aufgefallen. In dieser Landschaft konnte sich ein Auto nicht unbemerkt nähern. Der Jeep kam von Norden, also von der Sprengisandur-Hochlandpiste her. „Er biegt ab! Was will er hier?" Wir waren gewohnt, in der Einsamkeit der Insel keine Angst zu haben, aber unwillkürlich musste ich schlucken.

Ein schwarzer Jeep. Er fuhr ganz nach vorn, an die Kante heran. Ein Mann in wasserfester Montur stieg aus, grauhaarig, vielleicht um die Sechzig. Das war bei Isländern oft schwer zu schätzen. Er zündete sich eine Zigarette an und schaute hoch zur Hekla, dann zu uns. Kurz hob er die Hand zum Gruß. Als er zu Ende geraucht hatte, holte er irgendwas – einen Becher oder so – aus dem Auto und zerdrückte darin die Kippe. Das war schon mal ein gutes Zeichen. Dann kam er auf uns zu und sprach uns auf Isländisch an. „Guten Tag" verstand ich noch, den Rest nicht mehr.

„Ég tala ekki íslensku." Diesen Satz, schon oft angewandt, verstand er und wechselte sofort ins Englische. „Wo kommt ihr her?" Deutschland, ach ja. „Und wie gefällt euch Island?" Die Frage kam immer. Wir schwärmten in höchsten Tönen. „Und du? Wieso fährst du diese Strecke?" „Ich war fischen." „Bei den Fischteichen nördlich der Tungnaá?" „Die kennt ihr? Erstaunlich! Wart ihr da?" „Nein, der Sand auf der Piste war uns zu tief. Wir sind umgekehrt." Der Mann blickte auf unseren Toyota. „Hättet ihr geschafft.“ „Ja“, sagte ich, „aber wir sind keine Isländer, die so was immer riskieren.“ Der Mann lachte. „Ja, da war ich. Aber auch an der Tungnaá selbst. Da kann man gut fischen.“

Auf die Frage, wohin er wollte, sagte er: „Nach Hause. Nach Heimaey, das ist auf den Westmännerinseln.“ „Da waren wir schon zweimal. Wunderschön da!“, freute sich Gisela. „Und ich kenne jemanden, der auch von dort kommt“, gab ich groß an, „Martin Eyjólfsson, den isländischen Botschafter in Deutschland!“ Aber mit so etwas konnte man einen Isländer nicht beeindrucken. „Ja, Martin! Das ist mein Freund. Ich habe ihn damals in Berlin besucht. Wieso kennt ihr ihn?“ Ich erzählte ihm, dass wir Mitglieder in der Deutsch-Isländischen Gesellschaft in Bremerhaven sind, da war er mal Ehrengast. Der Mann nickte: „Jetzt ist er wieder zurück in Reykjavík und arbeitet im Ministerium.“ Das war uns neu.

„Was habt ihr in Island gemacht?“, wollte er wissen. Ich berichtete, wir hätten eine Gruppenreise von Schachspielern und ihren Frauen organisiert und geleitet. Sightseeing in der Natur, das war klar. „Wir waren auch bei der Europäischen Einzelmeisterschaft in Reykjavík. Und natürlich im Bobby-Fischer-Center in Selfoss!“ „Und bei der Kirche, wo er begraben liegt?“ „Da auch. Wir haben uns den ganzen Tag mit Helgi Ólafsson getroffen. Der ist isländischer Schachgroßmeister und hat mitgeholfen, Bobby Fischer nach Island zu holen.“ „Klar, Helgi. Auch aus Heimaey. Ich bin mit ihm zur Schule gegangen.“

Ich muss ziemlich entgeistert geguckt haben. Wir wussten ja: Island hat nicht viele Einwohner, halb so viel wie Bremen. Man kennt sich. Und jeder ist irgendwie um zehn Ecken herum mit jedem verwandt. Aber das hier haute uns um. Da fahren wir zur einsamsten Stelle, die das Südland zu bieten hat, treffen einen einzigen Menschen, und für den sind die wenigen Promis, mit denen wir aufwarten können, alte Kumpel und beste Freunde. Aber es kam noch besser.

„Wo habt ihr die Gruppe untergebracht?" „Eldhestar. Aber die sind schon weg. Wir hatten noch ein paar entspannte Tage, auf Akurgerdhi." „Ach ja, bei Sabine und Daníel. Sie haben einen neuen Hund, nicht wahr?" „Mein Gott", sagte ich, „du kennst ja wirklich jeden in Island!" Da musste er lachen. „Nein", grinste er, „ganz oben im Nordosten, wo der Hund begraben ist, da leben ein paar Leute, die habe ich noch nie gesehen."

Er wandte sich um, ging zu seinem Auto, öffnete die Hecktür und kramte herum. Als er wieder auf uns zukam, trug er ein armlanges, weiches Ding in den Händen. Es war in Alufolie eingewickelt. „Hier, für euch", sagte er. „Ich habe mich darüber gefreut, wie ihr euch für mein Land interessiert."

Wir schnupperten. Fischgeruch. Wir hoben die Folie ein bisschen hoch und lugten hinein. „Ein Lachs", sagte er, „lasst ihn euch schmecken!"

Ein riesiger Fang. Und den schenkte er einfach an uns weiter, nur weil wir ein bisschen mehr in das Land eingetaucht waren als Touristen es sonst tun. Ein typisch isländischer Augenblick, irgendwie.

Wir kriegten kaum die Sätze mit unserem freudigen Dank zu Ende, da saß er schon im Jeep, setzte zurück und fuhr, kurz winkend, rasant und mit wirbelnder Staubwolke auf die Hauptstraße zu.

Jetzt hatten wir ein Problem. In wenigen Stunden mussten wir das Leihauto am Flughafen in Keflavík abgeben, um dann eine kurze Nacht im Hotel zu verbringen und morgens um halb sechs nach Hamburg einzuchecken. Was tun mit dem Lachs? Mitnehmen ins Flugzeug? Undenkbar!

Nach kurzer Überlegung entschlossen wir uns, das großzügige Geschenk weiterzugeben. Wir stoppten auf der Rückfahrt auf Akurgerdhi und hielten den verdutzten Besitzern und ihren beiden deutschen Pferdehelferinnen den edlen Fisch vor die Nase. Daníel flippte fast aus, er mochte anscheinend Lachs für sein Leben gern. Nochmal coronagebremste Umarmungen, und dann ging's endgültig hinaus auf die Hellisheidhi, die trotz des sonnigen Tages mal wieder im Nebel lag.

VII
Tragikomische Momente

Unendliche Dehnung hilfloser Sekunden

Die Nachkriegszeit, die besondere Zeit nach dem verbrecherischen Krieg der Nazis, schrieb viele Geschichten: von den Trümmerfrauen, vom Schwarzmarkt, von extremer Wohnungsnot. Ein Quell von Erzählungen in den schlecht geheizten Altbauwohnungen der Großstädte war das Hamstern.

Die Lebensmittel waren knapp, die Rationen, die es auf Karte gab, schwach bemessen, und der Transport der landwirtschaftlichen Erzeugnisse in die Industriezentren war durch mancherlei Dinge wie kriegsverursachte Verkehrsprobleme, Diebstahl oder Korruption behindert.

Also nahmen es die Leute selbst in die Hand und zogen mit der Bahn, mit dem Fahrrad oder sogar zu Fuß mit Handkarre aufs Land, um Lebensmittel zu besorgen; von meiner Heimatstadt im Ruhrgebiet aus zum Beispiel ins Westliche Westfalen oder ins Emsland. „Aber glaubst du, die Bauern rückten ihre Kartoffeln einfach so heraus?", erzählten mir meine Verwandten, „Geld wollten sie nicht. Sie hatten Angst vor einer Teuerung oder einem Währungsschnitt. Richtige Wertsachen mussten wir eintauschen! Gute Teppiche haben wir hingeschleppt. Wer hatte, nahm Schmuck mit. Manche olle Bauersfrau konnte gar nicht genug kriegen davon!".

Der Weg zurück sei für die Hamsterer sehr beschwerlich gewesen. „Wir waren froh, wenn wir viele Säcke bekommen konnten, aber du kannst dir nicht vorstellen, wie mühsam das war, mit der Handkarre, auf dem Drahtesel oder per Bahn." Proppenvoll seien sie gewesen, die wenigen Züge, die damals wieder fuhren!

Und langsam, entsetzlich langsam. Davon hatte ich eine Vorstellung: Noch heute kann ich mich erinnern, wie ich als Knirps mitfuhr Richtung Rheine und der Zug an einer Stelle nur im Schritttempo über eine Behelfsbrücke fahren konnte. „Und weißt du: Man konnte die Säcke mit Kartoffeln oder Kohl nicht mit ins Abteil nehmen, das war viel zu eng. Draußen hingen sie, auf den Trittbrettern! Und da versuch' mal drauf aufzupassen!" Denn wenn es um die Frage geht, ob die Familie hungert oder nicht, seien die Leute nicht zimperlich gewesen. Manchen Sack hätten sie bei Langsamfahrt mit langen Stangen vom Zug gefischt. „Stell dir das mal vor: Du warst tagelang zum Hamstern unterwegs, und alles war umsonst!"

Vor diesem Hintergrund gibt es eine kleine Geschichte um meine Oma. Sie war sehr klein, zart und lieb, jedoch zäh, und sie konnte in zugespitzten Situationen energisch werden. Sie hatte einen schweren Kartoffelsack erhamstert und wollte ihn auf ihrem Rücken natürlich heil nach Hause bringen. Weil sie Angst hatte, der Sack würde geklaut, band sie ihn fest um ihren Oberkörper. Das aber brachte sie beim Einsteigen auf dem Trittbrett des Zugwaggons aus dem Gleichgewicht. Sie kippte nach hinten, lag wie der berühmte Maikäfer auf dem Rücken und strampelte. Als nach einer gefühlten Ewigkeit gedehnter Sekunden sich nichts an dieser Lage ändern wollte, begann sie wie ein Rohrspatz zu schimpfen, auf die Nazis, die Alliierten, auf ihren Mann, der kurz vor Kriegsende verstarb und sie im Stich ließ, und auf alle Männer überhaupt. Dann endlich befreiten sie einige beherzte Exemplare der so Beschimpften aus ihrer Hilflosigkeit und stellten sie wieder auf die Beine. Sie boten ihr sogar an, den Sack zu tragen, aber von wegen! Da hatte sich der geballte Zorn einer Kriegswitwe angestaut. Statt zu danken, schnauzte sie ihre Helfer an: „Wer hat denn im Stahlwerk die Kräne gefahren und die Züge angekuppelt, als ihr blöden Heinis auf Befehl nach Russland gerannt seid? Wir Frauen! Da werd' ich ja wohl noch diesen Sack nach Hause kriegen!"

Oberligamandeln

„Vor der Bundesliga" – diese sagenumwobene, von jüngeren Zeitgenossen nicht mehr erlebte Fußballzeit rückt immer weiter in die Vergangenheit. Aber: Es gab sie! Die höchste Liga war in meiner Kindheit die „Oberliga West", identisch mit dem Gebiet von Nordrhein-Westfalen. Außerdem gab es in der Bundesrepublik die Oberligen Nord, Süd und Südwest, sowie die untereinander spielenden Mannschaften aus Westberlin. Der Deutsche Meister wurde aus den Siegern dieser Ligen und einem Teil der Zweiten ermittelt.

Als Kind durfte ich oft mit ins Niederrheinstadion zu Rot-Weiß Oberhausen; selten mit meinem Vater, aber oft mit meinem Opa, oder es fand sich jemand anders, und außerdem hatte ich ein paar ältere Freunde. Natürlich gingen wir den ganzen Weg zu Fuß – wie sollte man sonst hinkommen? Und im Stadion gab es fast nur Stehplätze, für uns meistens in der Kurve, denn die Tribüne und auch die Gegengerade waren teurer.

Es ging immer friedlich zu. Keine Hassgesänge, keine Randale, keine Hooligans. Absperrgitter zum Platz hin oder gar Leibeskontrollen durch eine Security waren noch völlig unbekannt.

Ich weiß nicht mehr, ob schon Bier verkauft wurde und ob es Buden mit heißen Würstchen gab. Letztere hätten mich interessiert, Bier nicht. Aber ich weiß noch, dass Leute durch die Reihen gingen und Süßigkeiten und Ähnliches verkauften.

An einen Verkäufer, in kindlicher Wahrnehmung ein älterer Herr, erinnere ich mich besonders genau. Ich sehe sein faltiges Gesicht noch vor mir. Seine Hand, mit der er die Tütchen festhielt, zitterte heftig – eine

Schüttellähmung. Er rief immer „Gebrannte Mandeln!", und genau das verkaufte er.

In meiner ersten Zeit als kindlicher Fan spielte Rot-Weiß noch in der Spielklasse direkt unterhalb der Oberliga, immer gut mit dabei, aber nie ganz vorne. In einem Jahr war es dann so weit: Rot-Weiß Oberhausen war Spitzenreiter. Ob es für den Aufstieg reichte?

Heute war ein Heimspiel gegen einen direkten Konkurrenten, und Rot-Weiß lag mitten in der zweiten Halbzeit mit 0:1 zurück. Der Verlust des Spitzenplatzes drohte. Mühsam rannten sie gegen die Niederlage an.

Da hörte ich auf einmal meinen alten Verkäufer in der Reihe hinter mir rufen: „Oberligamandeln! Oberligamandeln!" Viele lachten und kauften ihm eine Tüte ab. Und in diesem Moment fiel der Ausgleich, durch einen satten Weitschuss. Danach war die Mannschaft nicht mehr zu halten, sie legte noch zwei Tore nach.

Eine feine Motivationsspritze, diese Oberligamandeln! Den Ruf hielt der Verkäufer durch, bis der Aufstieg tatsächlich geschafft war, und auch danach, als sich die Mannschaft in der Oberliga gut behauptete. Ob er viel später, als RWO einmal zusammen mit Rot-Weiß Essen in die Bundesliga aufstieg, noch lebte und aktiv war und aus seinen Oberligamandeln „Bundesligamandeln" machte, weiß ich nicht.

Ein gefährlicher Lachanfall

Es war ein grauer, nieseliger Tag im November 1976. Selbst hier auf dem Kiez in Kreuzberg schlichen die Menschen geduckt herum, sogar die Pöbeleien der Besoffenen klangen gedämpft.

„Da ist er ja endlich!" Angela stand am Fenster und blickte auf die Straße. Gegenüber versuchte ein schmutzig-grüner 2CV, sich in eine enge Parklücke zu zwängen. „Ist der Kotflügel wieder dran?", rief Hanno aus der Küche. Aber ehe sie antwortete, war er rasch und neugierig neben sie getreten und drückte seinen rauen schwarzen Vollbart gegen ihre Wange. Das war eine Spur zu nah, ihr Kopf neigte sich in eine leichte Schräglage. „Das ist doch nicht dasselbe Grün!" meinte er. Aber Angela fand das lustig. „Das macht doch nichts", lachte sie. „Einen roten Kotflügel hätte ich noch schöner gefunden für die Ente!"

„Jürgen ist nicht allein", meinte Hanno. Tatsächlich, als der hagere, blonde Fahrer seine Tür öffnete und dabei fast einen rasenden Radfahrer zu Fall brachte, zwängte sich die kräftige Gestalt einer rothaarigen Frau vom Beifahrersitz: mühsam, denn ihre Tür ging wegen eines Baumes nicht ganz auf. „Er hat Roswitha von der Uni abgeholt", ergänzte Angela und wandte sich um. „Ich mach' Kaffee", rief sie und hörte gerade noch Hannos gemurmelten Einwand, nun müssten sie aber bald los. „Ich habe keine Lust, im Stockdunkeln über die lange Nordstrecke auf der DDR-Landstraße zu fahren." „Für'n Kaffee reicht's schon noch", antwortete Angela und hörte schon, wir die beiden Ankömmlinge die Wohnungstür aufschlossen.

Die Tür knallte gegen einen Berg von Säcken und Sporttaschen. „Verdammt, so viel?", rief Roswitha, „Wir fahren doch nicht zum Nordkap!" „Drei Nächte Zelten im kalten November, das ist auch nicht ohne!", rief Angela aus der Küche zurück. Inzwischen stand Hanno im Flur und grinste die beiden Ankömmlinge an. „Du weißt doch: Angela könnte frieren, der Boden könnte zu hart sein und der Regen zu nass." „Fall' mir ruhig in den Rücken!" Angelas Ton verdüsterte sich. „Schlaf' du mal eine Nacht im klammen Schlafsack auf Kieselsteinen, und dann möchte ich sehen, wie du am Morgen vor den Bullen wegrennen willst." „Wo ist die Anti-AKW-Fahne?", fragte Roswitha. „Habe ich eingepackt", sagte Angela, „einen Stock werden wir da schon finden." „Wieso das denn? Die muss doch hinter die Rückscheibe!" „Ich habe keinen Bock, mich mit den Vopos wegen der Fahne zu streiten. In der BRD holen wir sie raus." „Das ist mir zu feige", brummte die rote Roswitha, beließ es aber dabei.

„Ich hole unsere Sachen aus unserem Zimmer. Die sind fertig gepackt", sagte Hanno und öffnete eine Tür. „Aber dann kommt zum Kaffee!", rief Angela. Nach wenigen Minuten saß die ganze Vierer-WG am Küchentisch. Angela hatte zum Kaffee noch ein paar Plätzchen aus dem Schrank geholt. „Wie zum Kränzchen bei der Patentante!" Hanno war noch in aufmüpfiger Stimmung. Aber Jürgen kümmerte sich nicht darum und dachte ans Praktische. „Ich zeige euch nochmal den Plan von Brokdorf." Er breitete eine Karte auf dem Tisch aus, die ziemlich ins Detail ging. „Hier", er wies auf ein mit Kuli eingetragenes Kreuz, „ist der Treffpunkt der Berliner Gruppe. Dahinter liegt ein Bauernhof. Der Bauer ist auch gegen das AKW und lässt uns dort parken und zelten. Bei ihm kann man sich auch waschen." „Na, wenigstens das!", meinte Angela. „Und stimmt es, dass Hannes Wader kommt?" „Wurde so gesagt." „Da freue ich mich drauf. Den finde ich toll!" „Ja, Klampfe und tiefe Stimme, das macht dich an." Hanno war immer noch kratzbürstig, aber Angela hatte keine Lust mehr, darauf einzugehen.

Jürgen ging die Checkliste durch. „Zwei Zelte?" „Ja." „Vier Lumatras?" „Sind eingepackt." „Geprüft, ob sie dicht sind?" „Mein Gott, ja. Wir haben sie doch erst vor drei Wochen am Wannsee benutzt." „Kann aber trotzdem was drangekommen sein." „Das ist mir jetzt zu pingelig", meinte Hanno. „Wenn eine kaputt ist, leg' ich mich freiwillig drauf." „So macht das ein Demoheld." Angela freute sich, dass sie eine Retourkutsche anbringen konnte.

Dann checkte Jürgen die regendichten Sachen einschließlich Schuhe, die Lebensmittel, Kochgeschirr für heiße Getränke, und die Reparaturkiste für alles Mögliche. Als er durch war, stand er auf. „Dann können wir jetzt los. Geht nochmal alle aufs Klo, damit wir auf der Fahrt durch die DDR damit keine Last haben." „Ja, Papa", konterte Angela, aber ging brav als erste.

So viel Gepäck hatten sie noch nie in der Ente unterbringen müssen, aber es klappte. Mehrere Säcke stapelten sich zwischen den hinteren Plätzen, so dass Angela und Hanno sich kaum sehen konnten. Jürgen setzte sich wie selbstverständlich ans Steuer, und die stämmige Roswitha beanspruchte den Beifahrerplatz. „Also denn los", rief Jürgen, und um die Stimmung zu verbessern: „Nai hämmer gsait!" „Nai hämmer gsait!", wiederholten alle den alten Schlachtruf aus Wyhl und fühlten sich irgendwie wieder einig. „Hast du getankt?", fiel Hanno noch ein. An Jürgens Stelle antwortete Roswitha: „Natürlich, was denkt du denn?" Sie fuhren los, durch den Stadtverkehr Richtung Grenzübergang Staaken, und dann auf die F5 Richtung Lauenburg. Aber das war hier natürlich noch nicht ausgeschildert. Und sie waren diese Strecke erst einmal gefahren, letztes Jahr, als Hanno seinen Geburtstag unbedingt zu Hause in Husum feiern wollte. Angela blickte besorgt auf ihre Armbanduhr. „Fahr zu, damit wir noch in der Dämmerung durchkommen." Jürgen brummte ein genervtes „Jaja".

Es zog sich. Kleine Ortschaften, niemand auf der Straße. Trecker mit Hänger, Trecker ohne Hänger, auf jeden Fall langsam. Hier und da Kinder, ein Junge hob sogar die Hand zum Gruß, Angela winkte begeistert zurück. Irgendwann auf einem schnurgeraden Stück sagte Jürgen: „Jetzt müssten wir bald nach Perleberg kommen. Erinnert ihr euch? Eine enge Ortsdurchfahrt." „Woher willst du wissen, wo wir sind?", fragte Angela gereizt, „Jetzt sieht man wirklich kaum noch was." „Nun mach dir mal nicht in die Hose!" Die Stimmung war wieder da, wo sie vor Stunden schon war: knapp unterhalb des rostgefährdeten Unterbodens der Ente.

Kurz darauf blickte Jürgen in den Rückspiegel. „Blaulicht", murmelte er, „was wollen die?" Alle schauten sich um. Das Blinklicht kam näher, Jürgen ging etwas herunter mit der Geschwindigkeit. „Polizei", sagte Angela überflüssigerweise, denn alle sahen, wie der weißgrüne Wartburg sie überholte, die rote Kelle rausfuhr und sie auf einen kleinen Parkplatz lotste, der sich zufällig an der rechten Seite auftat. Das Manöver war gut getimed, Routine wahrscheinlich an dieser

Stelle. Jürgen kurbelte die Scheibe herunter, der Vopo näherte sich. Er tippte kurz mit der behandschuhten Hand an die Mütze. „Guten Tag, Bürger der selbständigen politischen Einheit Westberlin." „Guten Tag", erwiderte Jürgen, „was ist los?" „Das wissen Sie doch ganz genau." „Nein", meinte Jürgen und überlegte, welches Maß an Aggression er in seine Stimme legen durfte. „Sie wissen doch", sagte der Vopo, „dass Sie in der Deutschen Demokratischen Republik auf Landstraßen nur 100 fahren dürfen. Das ist doch in der BRD genauso, oder?" „Das wissen wir", meinte Jürgen, „mehr sind wir auch nicht gefahren." „Wir haben 120 Stundenkilometer gemessen."

War es die schlechte Stimmung heute zwischen den WG-Genossen, oder die Anspannung durch die Fahrt im Stockfinsteren, oder die aufgekratzte Erwartung einer heißen Demo am AKW – augenblicklich brachen alle vier Insassen in schallendes Gelächter aus, konnten sich nicht mehr halten vor Lachen. „Wollen Sie mich veralbern?", fragte der Vopo und blickte zu seinem Begleiter hinüber, der inzwischen auch dem polizeilichen Wartburg entstiegen war.

Noch ein paar Sekunden lang war der Lachanfall nicht zu bremsen, dann fasste sich Jürgen als erster. „Entschuldigung", sagte er, „aber dieses Auto hier kann überhaupt nicht 120 fahren. Schon gar nicht, wenn vier Leute drinsitzen, und Gepäck dazu. Völlig unmöglich!" „Genau", rief Roswitha, „wir schaffen nicht mal 100!" „Sie müssen sich vertan haben", gab Hanno dazu. Nur Angela sagte nichts, verkniff sich das Lachen und hockte ängstlich hinter der Wand aus Säcken.

Halten wir inne.

Wir stehen mitten im Kalten Krieg auf einem kleinen, dunklen, verregneten Parkplatz an einer Landstraße im Arbeiter- und Bauernstaat. Dessen bewaffnete Ordnungsmacht in Gestalt von zwei Volkspolizisten ist mit einem spontanen Lachanfall von vier Kreuzberger Hippies (oder was immer) konfrontiert: ein im Transitabkommen zwischen beiden deutschen Staaten nicht vorgesehener, unberechenbarer Moment. Ein gefährlicher Lachanfall.

Was wird geschehen? Aus geschichtlich-politischem Blickwinkel denken wir an drei Varianten.

Die ideologische Variante: Der Vopo raunzt Jürgen an: „Folgen Sie unserem Fahrzeug, bitte!" Die beiden steigen ein und fahren dem 2CV voraus. Die Fahrt endet an einer belebten Baracke, vor der einige Polizeiautos geparkt sind. Die vier Insassen müssen aussteigen, den Autoschlüssel abgeben und werden ins Innere der Baracke geleitet. Dort müssen sie sich umständlich ausweisen, danach sitzen sie geschlagene zwei Stunden auf einer Holzbank. Anschließend erhalten sie eine Belehrung, dass sie nunmehr eindringlich verwarnt werden. Das Verwarnungsgeld betrage 150 Westmark für die Geschwindigkeitsüberschreitung, nochmals 150 Westmark für das Mitführen verbotenen Propagandamaterials, was im Übrigen beschlagnahmt werde, sowie 300 Westmark für beleidigende Äußerungen gegenüber einem Vertreter der Ordnungskräfte der Deutschen Demokratischen Republik, zusammen 600 Westmark, zahlbar sofort oder, nach Übernachtung in einer volkseigenen Unterkunft, am nächsten Morgen in der nächstgelegenen Stadt, in der eine Bank erreichbar ist. Bei Weigerung: Anzeige bei der Staatsanwaltschaft nebst Untersuchungshaft für den Fahrer und vorläufige Beschlagnahmung des Fahrzeugs. Sie kratzen das Geld zusammen, fast ihre gesamte Barschaft, und als sie draußen bei ihrem Auto sind, müssen sie erst einmal ihre auf dem regnerischen Asphalt verstreuten Klamotten wieder einpacken. Erst kurz nach Mitternacht geht es weiter.

Die entspannte, freundliche Variante: Der Vopo hat Mühe, ein Grinsen zu unterdrücken, und fragt nach dem Ziel ihrer Reise. Als sie sagen: Anti-AKW-Demo bei Brokdorf, erzählt er ihnen von den absolut sicheren Atomkraftwerken in der DDR – er selbst komme aus der Nähe von Greifswald, wo eines steht – und wünscht ihnen viel Erfolg bei ihrem Bestreben, die gefährlichen AKWs in der BRD zu verhindern. „Wegen der Geschwindigkeitsüberschreitung lassen wir einmal Gnade vor Recht ergehen! Passen Sie ab jetzt auf", fügt er noch hinzu und entlässt sie, wiederum begleitet von einem leichten Tippen seiner behandschuhten Hand an seine Dienstmütze.

Tatsächlich folgte in der Realität der Geschichte die bürokratisch-deutsche Variante. Der Vopo blieb absolut ernst, als ginge es ihn nichts weiter an, wie sich die vier Gestalten verhielten, zückte seinen Quittungsblock und sagte: „Ich verwarne Sie hiermit wegen Überschreitung der zulässigen Höchstgeschwindigkeit auf Landstraßen um mindestens 20 km/h. Die Gebühr beträgt 80 Westmark." Die Insassen der Ente mit der Berliner Nummer merkten, dass er auf diese Ansage nichts folgen lassen wollte, kramten vier Zwanziger zusammen und hielten sie dem Beamten hin. Der nahm sie und quittierte den Empfang. Den Durchschlag behielt er. „Weiterfahren!", sagte er noch, ging hinüber zu seinem Kollegen, der wieder am Steuer saß, und stieg ein. Der Streifenwagen wartete,

bis die vier ihren Ärger sortiert hatten und den Parkplatz verließen, und fuhr dann in ruhigem Tempo auf
der Gegenfahrbahn davon.

Wo sind die Elche?

Wir sind Nordlandfans. Und zum Norden gehören die Elche. Aber wo sind sie?

Wir waren oft mit dem Wohnmobil unterwegs – in Norwegen, in Schweden, in Finnland. Auch in Island – na gut, dort haben sie Rentiere importiert, aber keine Elche. Vielleicht weil sie die Natur fast so sehr zertrampeln würden wie die Touristen, ohne Geld dazulassen.

Ein Elch in freier Wildbahn – warum war uns das verwehrt? Sogar auf der Kurischen Nehrung in Litauen haben wir zwischen Nidda und Juodkrante nach diesem großartigen Tier gesucht, stapften durch einen Sumpf, angeblich der dortige Lieblingsaufenthalt des Nordhirsches, streiften durch die lichten Birken- und Kiefernwälder – kein Elch zeigte sich, geschweige denn, dass sich einer röhrend in Positur gestellt hätte. Dabei hatte es der Reiseführer schwarz auf weiß versprochen!

Wir trösteten uns mit den Verkehrsschildern, die vor Elchen auf der Fahrbahn warnten. Dabei entdeckten wir charakteristische nationale Unterschiede. Die norwegischen Elche traben erhobenen Hauptes leichtfüßig daher. Stolz recken sie ihr Geweih in die Höhe, sehr wohl um ihre Symbolkraft wissend. Sollten sie sich einmal großzügig auf eine Straße begeben, bleibt jeder Autofahrer, jede Autofahrerin staunend stehen – kein Gedanke an Hupen, Drohgebärden oder Ungeduld. Aber Angst? Nein, die hätte man auch nicht. Man steigt aus und lässt sich von dem Anblick innerlich erheben.

Bei den schwedischen Elchen jedoch muss man sich in Acht nehmen. Das Warnschild – und hier ist es eins! – zeigt sie als gefährliche Straßenstürmer. Sie ziehen den Kopf ein, wirken scheinbar gedrungen, aber die riesigen Beine schwingen weit aus zu einem kraftvollen Renngang. So drohen sie über die Straße zu fegen, ohne nach links oder rechts zu blicken und ohne Rücksicht auf irgendwelche Mitbewohner der nordischen Landschaft. Nur Autos mit guten Bremsen haben gegen sie eine Chance.

Aber wie gesagt – jahrelang vermissten wir auch nur den Hauch einer Begegnung, weder der erhebenden noch der gefährlichen Art.

In einem Sommer wollten wir viel Zeit hoch oben im Norden verbringen, gewissermaßen im Norden des Nordens. Will man das, dann fährt man rasch die gerade Strecke durch Schweden, anstatt in Norwegen ellenlang um jeden Fjord zu kurven, und nimmt einen der wenigen Pässe über das Küstengebirge. So machten wir es und kamen am norwegischen Lyngfjord an.

Auf der Westseite des Fjords erheben sich die – ja, ich greife zum Klischeewort: „majestätischen" Lyngalpen. Sie tragen ihren Namen zu Recht. Hoch, spitz, auch im Sommer schneebedeckt, steigen sie, an manchen Stellen sogar richtig steil, aus dem Fjord hoch und bieten dem mutigen Wanderer ein Hochgebirgserleben!

Wir beließen es bei einem alpinen Testtag und suchten den resultierenden Muskelkater auf der anderen Fjordseite auszukurieren, wo die Landschaft wellig und steinig ist und die Touristen schon auf die lang-

gestreckten Weiten vorbereitet, die er spritvergeu-
dend zu durchfahren hat, um am Ende auch mal am
Nordkap gewesen zu sein.

Wir wollten es ruhiger, wanderten hier, saßen wasser-
schauend dort, fuhren sogar mal ein Stückchen mit
einem Dampfer, der Fähre sein wollte, und kauften in
einer Sammelschlachterei Rentierwürste und Elchge-
schnetzeltes, um es gemütlich zuzubereiten. Wenn
schon kein lebendiger Elch, dann wenigstens das!

Es waren die Tage der Mitternachtssonne. Wir hatten
den Polarkreis weiter südlich überquert und, animiert
durch ein entsprechendes Plakat, darauf angestoßen.
Aber wir hatten den Beinahe-Touchdown der Sonne
auf das Meer mangels Weitsicht niemals exakt um 24
Uhr gesehen.

Hier und heute folgten wir einem Ratschlag des Rei-
seführers. Er verwies auf eine schmale Landzunge, die
von Osten her in den Fjord hineinragt. Von dort habe
man eine hervorragende Aussicht auf die in der Fjord-
öffnung erstrahlende Mitternachtssonne. Was der Reiseführer verschwieg: Solvente Norweger und Schweden wussten das auch und hatten sich reihenweise
Sommerhäuschen auf den schmalen Streifen gebaut.
An denen vorbei durfte man dank Jedermannsrecht
durchaus laufen, durch Heide und Kiefernwäldchen
über Stock und Stein – buchstäblich! Aber ein freies
Plätzchen an einem Ufer mit Blick nach Norden war
nicht so einfach zu finden.

Also trabten wir an den bisweilen knallgrünen Haus-
wiesen, manchmal sogar an Zäunen entlang (offenbar
kannten auch andere Touristen diesen Reiseführer
und waren nicht so zurückhaltend!), manchmal
schwenkte der Trampelpfad jedoch auch weg von den

Hütten in ein winziges Stück Wildnis. „Ganz an der Spitze der Landzunge soll ein felsiges Gebiet sein, da steht bestimmt keine bewohnte Hütte!", sprach ich voller Hoffnung gegen den Rücken Giselas, die direkt vor mir lief.

In dem Moment stoppte sie, und ich lief auf. „Was soll das?" Sie zeigte auf einen Haufen bräunlicher Brocken am Boden. Sie sahen aus wie Kakaobohnen. „Das ist doch von einem Elch!", sagte sie. Ich zuckte die Schultern. „Keine Ahnung, mag sein", erwiderte ich. „Bestimmt schon alt. Warum sollen wir ausgerechnet hier einen Elch finden? Hier zwischen den vielen Sommerhäusern?"

Also stapften wir weiter, hügelauf, hügelab. Der Pfad näherte sich wieder einer Reihe von Gartenzäunen. An einer Hütte wurde sogar gegrillt. Dann ging es im rechten Winkel um eine große Kiefer herum, und dahinter stand auf dem Weg – ein Elch. Ich brauchte einen Moment, um sicher zu sein, dass es einer war, oder besser: eine, denn das Tier hatte nicht die Spur eines Geweihs. Eine Elchkuh. Und gar nicht groß, fast niedlich, aber riesige, lebendige Ohren. Also eine friedliche junge Elchdame. Sie kaute ein paar Halme, schaute uns aufmerksam an, es dauerte vielleicht zehn, zwanzig Sekunden, dann schwenkte sie nach rechts in ein Wäldchen, knackend trockenes Holz zertretend und ohne sich noch einmal umzusehen.

Als sie weg war, stellten wir fest, dass wir beide mit keinem Funken eines Gedankens an ein Foto gedacht hatten. In diesem Moment dachten wir eigentlich gar nichts, sondern standen klopfenden Herzens, aber still und vorsichtig atmend dem Tier gegenüber: drei Wesen in der Natur, die sich zufällig über den Weg gelaufen sind.

Die Mitternachtssonne kam noch zu ihrem Recht. Im nächsten Jahr traf ich beim jährlichen Erasmus-Meeting meinen Kollegen Reidar aus Stavanger. Ich wusste, dass er, gegen teures Geld, manchmal auf Elchjagd geht. „Streng reglementiert", sagte er, „nur ausgesuchte, besonders freigegebene Tiere!" Ich bat ihn, sich bei seiner nächsten Tour nicht unbedingt am Lyngfjord auf die Lauer zu legen, und schilderte ihm die unverhoffte Begegnung. „Oh, junge Elchkühe schmecken vorzüglich", zog er mich auf. Aber so weit in den Norden fahre er nie zur Jagd. Das beruhigte mich.

Zum Autor

Jochen Windheuser wurde 1946 im Ruhrgebiet geboren. Nach einem Studium der Psychologie und praktischer Tätigkeit im Bereich Erziehungsberatung und Psychiatrie war er als Hochschullehrer in der Ausbildung von Sozialarbeitern tätig. Jetzt lebt er in Bremen-Vegesack.

Neben Fachartikeln und Projektberichten schrieb er gelegentlich Kurzgeschichten und Gedichte.

Erst spät im Rentenalter hat er sich an literarische Veröffentlichungen gewagt. Anfang 2020 erschien sein erster Roman „Ingólfur – Ein Leben in Island", ein Produkt jahrelanger Beschäftigung mit diesem Land und einigen Reisen dorthin mit seiner Frau.

Ende 2020 erschienen zwei Gedichtbände, in denen er sich mit strengen lyrischen Formen auseinandersetzt: „Sonette an Helden und Heldinnen der Geschichte" sowie „Limericks aus dem Bremer Norden".

Es folgte Anfang 2021 der Roman „Zeitenfuge – Das zweite Leben des Benno von Ansperg", ein phantasievolles Science-Fiction-Spiel mit Physik, Neuropsychologie, Geschichte, religiöser Mystik und Kulturen. Die Idee dazu hatte Jochen Windheuser schon vor einigen Jahrzehnten, aber jetzt die Muße und den Mut, sie auszuführen.

Dann kam ein Anstoß, eine Art Stups von seiner Frau: „Schreib' doch mal einen Krimi mit aktuellem Bezug!", sagte sie. Warum nicht? Ein großer Traditionssegler, die *Schulschiff Deutschland*, wurde gerade nach heftigem Streit von Vegesack nach Bremerhaven verlegt. Aus der Anregung wurde der Lokalkrimi „Im Bauch des Schulschiffs", in dem sich am Vorabend der Verlegung sechs Gestalten auf dem Schiff herumtreiben. Einer überlebt das nicht, und auch das Schiff bekommt etwas ab. Zwei professionelle Ermittler und drei Amateure suchen nach dem oder den Tätern.

Ingólfur. Ein Leben in Island

Verlag Books on Demand, Norderstedt 2020
ISBN 978-3-7504-3770-8
328 S., broschiert, 13,80 €, E-Book 9,49 €

Sonette an Helden und Heldinnen der Geschichte

Verlag Books on Demand, Norderstedt 2020
ISBN 978-3-7526-6817-9
116 S., broschiert, 9,80 €, E-Book 6,99 €

Limericks aus dem Bremer Norden

Verlag Books on Demand, Norderstedt 2020
ISBN 978-3-7526-7291-6
40 S., broschiert, 6,80 €, E-Book 4,99 €

Zeitenfuge. Das zweite Leben des Benno von Ansperg

Verlag Books on Demand, Norderstedt 2021
ISBN 978-3-7534-4161-0
296 S., broschiert, 14,80 €, E-Book 9,49 €

Im Bauch des Schulschiffs

Verlag Books on Demand, Norderstedt 2021
ISBN 978-3-7557-1316-6
235 S., broschiert, 12,80 €, E-Book 8,49 €